北の御番所 反骨日録【五】

かどわかし

芝村涼也

双葉文庫

目次

かどわかし　北の御番所　反骨日録【五】

第一話　日々平穏

一

　新任の内与力《うちよりき》であった倉島惣左《くらしまそうざ》による裄沢広二郎《ゆきざわこうじろう》罷免《ひめん》騒動が落ち着いた後、裄沢は己の執務場所である北町奉行所《きたのごばんしょ》の御用部屋《ごようべや》で、日々落ち着いて仕事に専心することができていた——まあそれは、あくまでも表面上のことではあるのだが。

「裄沢どの」

　奉行所内の廊下を歩いていた裄沢は、横合いから声を掛けられて足を止めた。同じ町奉行所に勤める者同士、顔ぐらいは見知っているが、これまでろくに言葉を交《か》わしたこともない男である。

　自分より十年以上は先達《せんだつ》で、確か、年番方《ねんばんかた》の同心を勤めている者だという記憶があった。

年番方は奉行所内の出納《すいとう》を管掌《かんしょう》するとともに、与力同心の人事も司《つかさど》るお役である。町奉行所の中核業務と言える吟味方《ぎんみかた》（取り調べとお裁きの進行を担当）と並び、町方の中では最も威勢のあるところだと見なされていた。

とはいえ裄沢個人にせよ所属する御用部屋にせよ、仕事で使う紙や筆《ふで》、墨《すみ》などの無駄が多いといった金銭面での注意を受ける憶《おぼ》えはない。一方で、お役替えのような話であれば、たいていは直属の上役にあたる与力から受けることになる——もっとも裄沢自身はこのところ、町奉行所の頂点に立つお奉行から直接拝命することが続いているのだが。

ともかく、己の直の上役にあたる内与力を通すことなく年番方が声を掛けてきたことに、裄沢は警戒を覚えた。

「どうも——それがしに、何か？」

声を掛けてきた意図《いと》が不明だし、自分でもぶっきらぼうだとは思っても、他に返事のしようがなかったのだ。

裄沢の警戒は相手にも伝わったのであろう、木で鼻を括《くく》ったような返答にも気を悪くした様子なく、それどころかいささか慌《あわ》て気味に言葉を続けてきた。

「あ、いや、特段の用事があるわけではござらぬ。お見掛けしたゆえ、どこへ行くのかと思うただけで」

「……先例を調べる要が生じましたので、これから書物蔵へ行くところでしたが」

「そうでござったか。いや、そこもとの精勤《せいきん》ぶりには感心させられる」

親しくないどころかまともに話したこともない相手が突然何を言ってくるのやら、とは思いながらも、口からは韜晦《とうかい》する言葉が出る。

「とんでもない。常にどうすれば手を抜けるかと常日頃《つねひごろ》から考えているような俗物ですから。これから書物蔵へ行こうとしているのも、まあ言ってみれば息抜きを兼ねてのことですし」

「これはご冗談を」

ははは、と愛想笑《あいそわら》いをした年番方同心は、「ではまた」と軽く頭を下げて去っていった。

同様に頭を下げて相手が背を向けたところで体を戻した裄沢は、無言で去りゆく姿を見送る。

——いったい何がしたかったのか？

もともと裄沢は、自他いずれにも厳しい仕事ぶりや辛辣《しんらつ》な口舌《くぜつ》により、特に上役や年長者から嫌われることが多かった。いい加減な者からは煙たがられ、実力ある人物からも生意気、不遜《ふそん》と受け取られることばかりであったのだ。

厄介払《やっかいばら》いのためであろう、裄沢が他のお役へと転ぜられる異動は、勤める年数が同じほどの他の同心と比べればずいぶんと頻繁《ひんぱん》であったし、どこへ行っても以前からの評判を耳にし実際の為人《ひととなり》を目にした同輩連中からは、遠巻きにされ、敬して遠ざけられるのが常《つね》の有りようだった。

——やさぐれ。

これが、周囲の者らが裄沢を評するのにいつも使われる言葉となっている。

ところが、そんな裄沢の周囲にこのところ変化が生じていた。

先ほどのように、よく知らない相手から声を掛けられることが増えたのだ。月に一度程度もなかったことが、ここ数日は毎日のように、しかも日によっては複数回あるとなれば、とてものこと気のせいとは言えぬであろう。

声を掛けてくるほうの話は、先ほどのように「精が出ますな」とか、あるいは今日の天気がどうこうという類《たぐい》の、どうでもいいことばかりだ。何か、こちらの様子を覗《うかが》っているというか、ご機嫌を取りにきている感じがする。

——俺のようなやさぐれに、そんなことをして何の意味があるのか。

心当たりが全くないわけではないが、それでも裄沢は当惑を覚える。
まあ、こんなことに気を取られていても仕方がないかと、裄沢は息を一つついて再び足を進め始めた。

書物蔵で目的の調べを終えた裄沢は、どこにも立ち寄ることなく己の仕事場である御用部屋へ真っ直ぐ戻った。さすがに帰り道で声を掛けてくる者まではいなかった。

御用部屋はお奉行が町奉行としての執務を行うための部屋であるが、同時に少なからぬ町方の与力同心が仕事をする場でもあり、北町奉行所の中でも上から数えたほうがずっと早いほどの広さがある。

御用部屋にはお奉行の秘書官的な立場の内与力と、その下僚《かりよう》として内与力の補助を勤める裄沢ら用部屋手附同心《ようべやてつきどうしん》が合わせて十数人在籍しているのだ。

お奉行の席は部屋の奥、屏風《びようぶ》で仕切った囲いの中に設けられているが、裄沢の文机《ふづくえ》は廊下との境となる襖《ふすま》からさほど遠くないところに置かれている。部屋に入って見渡せば、屏風の内以外はほとんど全てが目に入るような末席である。

部屋に戻った裄沢は、すぐに自身の席に着いた。調べ物のために中座する前まで手をつけていた仕事を再開せんと、手許《てもと》の書面へ意識を向ける。

と、そこへまた声が掛かった。

「裄沢どの」

呼び掛けは部屋の奥、お奉行の席を囲う屛風のほうから聞こえてきた。しかし今はまだ午前《ひるまえ》であり、お奉行は江戸城《おしろ》から戻ってきてはいない。

多少嗄《しわが》れた、老人の声であった。このごろよく耳にするから、それだけで誰のものか判《わか》った。

「はい」

裄沢は内心で溜息《ためいき》をつきつつも、表情には出さぬようにして立ち上がる。声が掛けられたほうを見やれば、裄沢の同輩である用部屋手附同心と、その上役にあたる老人がこちらに目を向けていた。

裄沢を呼んだのは老人のほう、お奉行である小田切土佐守直年《おだぎりとさのかみなおとし》のお家の家令《かれい》と北町奉行所の内与力を兼務する、唐家《からや》という男だ。

己の上役というばかりでなくお奉行の家臣筆頭でもある人物だから、理由もなく粗略《そりゃく》に扱うわけにはいかない――もっとも、裄沢でなければたとえ理由があっても粗略に扱うようなマネなどするものではないのだが。

　裄沢はすぐに唐家たちのほうへと足を踏み出した。

「お呼びにござりましょうか」

　裄沢とて別に奉行所の中で好《す》き好《この》んで孤立しようとしているわけではない。そうせねばならぬ特段の理由がない限り、穏《おだ》やかに対応するのだ。

「忙しいところを済まぬの」

　唐家は、軽く詫《わ》びを口にした。

「いえ、それがしに何かご用でしょうか」

「いや、これをどう思うか、そなたの考えが聞きたくての」

　唐家が差し出してきた書付《かきつけ》を、裄沢は受け取って目を通す。江戸からさほど離れていない場所での水争いを現地の代官所が裁いた件について、不利な裁定を下されたほうが、わざわざ江戸まで出てきて町奉行所へ訴え出たことを記《しる》した物であった。

　代官所が統治しているのは幕府の御支配処《ごしはいしょ》（幕府直轄領）であるから、そこでの治政に異論があるときに江戸の町奉行所まで訴えが出されるのは、これまでもごく当たり前に行われてきたことだ。

　中身についても、以前類似の訴えで見てきたことと、そう大きな違いがあるとは思えなかった。

「これが、どうかしましたか」

「いや、こうした場合、通常はどう扱うのかと思うての」

祈沢は、唐家と一緒に自分を迎えた男へ目を向ける。おそらくはその書付を唐家に持っていった当人であろう、同輩の水城《みずき》だ。

水城は、無言のまま祈沢を見返してきた。

「唐家様への説明は？」

促《うなが》されて、水城はようやく口を開く。

「いや、裁定のもう一方の当事者からも話を聞くべきだと」

当然の答えが返ってきた。

唐家の反応を覗うと、気分を害しているような様子はないが、どこか得心《とくしん》がいっていないふうでもある。それで、ようやく合点《がてん》がいった。

高禄旗本のほとんどは領地を賜《たまわ》りそこから上がる年貢《ねんぐ》を収入としているわけだが、そうなると当然、自分の領地は自分で治める必要が出てくる。現地に代官を置いて細々《こまごま》したことは全て任せても、おおどころは当主や家臣筆頭である家令が把握《はあく》しておかねばならない。

その意味で、規模は大きく異なるにせよ、小田切家の家令である唐家も水争いのような紛争が起きたときなどに、町奉行と似たような業務を経験しているはずなのだ。

　そこで、主家の領地でこのような領民同士の争いごとが起こり、裁定はしたものの納得させられずに直接お上《かみ》へ訴えを起こされそうになった場合だが、当然のこと放置しておくわけにはいかなくなる。

　己の治める土地がゴタついているというだけで外聞が悪いし、下手《へた》をすれば統治能力に欠けていると見なされかねないからだ。万が一、己の任じた代官が明らかに誤った裁定を行いそれを領主が看過《かんか》したと判断されてしまえば、お叱《しか》りを受けることとすらあり得るのだから。

　領主の家臣筆頭という立場の唐家としては、領主やその代行者の裁定に領民が異を唱えているのを厳しく叱ることもせず、言われるがままに事情を調べようとしているかのごとく見える町奉行所の態度に、引っ掛かりを覚えたのであろう。

　しかし、先に下された判断を鵜呑《うの》みにしてそのまま是認《ぜにん》しているばかりでは、町奉行所の存在意義はない。もしそんなことをしていたら、当初の裁定に不満を持った者らは、徒労となる結果が明らかな町奉行所への訴えなどはせず、代官所への反感を募《つの》らせていくことになる。やがてはこれが、代官所への強訴《ごうそ》や一揆《いっき》にまでつながってしまうかもしれない。

ここで旗本支配の領地と代官所管轄の御支配処の相違点に言及するなら、旗本の領地はほとんどの場合、親代々引き継がれてきた土地だから、支配する側からしても領民からしても、長いときを掛けて育《はぐく》んできた信頼関係が生まれている。両者の間で交渉ごとになったときも、どこまで押してよくて、どこから退《ひ》かねばならないのか、双方がいちおうの勘どころを押さえていると言える間柄にあることが多いのである。

一方、御支配処を管轄する代官所には、江戸の勘定所《かんじょうしょ》から役人が任命されてやってくる。領民たちからすれば海のものとも山のものともつかぬ全くの赤の他人である。単に仕事をこなすために赴任《ふにん》した「お役人」の人物骨柄《じんぶつこつがら》をそうそう安易に信用できるものではなく、自分らの暮らしがその「お役人」の考え一つで大きく影響を受けるとなれば、警戒心を持たないわけにはいかないのだ。

代官所に赴任した役人のほうも、定型的な業務ならともかく、その土地特有の事情には必ずしも精通しないままに、日々の仕事に追われ様々な判断を下していく状況が生ずることが十分あり得た。

そうした実情も踏まえて、町奉行所は現地の裁定に過分の配慮をすることなく「公平」な態度を取るのだ。無論のこと、町奉行所へ訴え出た者の言い分があまりに独善的であったときには大いに叱責《しっせき》もするのだが。

ちなみに旗本領からこうした訴えが上がってくることも当然あるのだが、その場合は領民のほうが増長して暴挙に及ぶというよりは、世代交代した新領主による苛政《かせい》や膨大に積み上がった借財軽減のために領民へ無理難題を押しつけているといった事例のほうが圧倒的に多いので、町奉行所は淡々として訴えを受理するのである。

八代将軍の吉宗《よしむね》が命じて編纂《へんさん》が始まった『公事方御定書《くじかたおさだめがき》』百箇条も、ある意味こうした「客観性」をお裁きに持たせることが目的であったとも言える。

裄沢は、こうした町奉行所の有りようを唐家に丁寧《ていねい》に説明した。

唐家とて大身旗本の家令を勤めるほどの男であるから理解は早い。

「なるほど、そういうことであったか。いや、裄沢どのに教わって目を開かれる思いが致した」

そう、素直に考えを改めた。

「いえ、ご領地を治めるお立場からは当然のお考えですから、何も唐家様が誤っていたというわけではありませんので」

「いやいや、単に小田切家の家令だけをしておるならともかく、町奉行所の内与力も兼務しておるとなったれば駄目であろう。よう教えてくれた。これからも頼みますぞ」

「このようなことでよろしければ」

この間、水城は黙って二人のやり取りを眺《なが》めていた。唐家が裄沢を途中から介入させたことに不快を覚えている様子はなく、却《かえ》ってほっとしているようだ。

——この程度のこと、水城なれば自分でいかようにも説明できように。

そうは思ったが、口に出すことなくその場から下がった。唐家からの再度の礼を背に受けつつ自分の席へ向かう。

ようやく、己本来の仕事に戻れそうだった。

二

この夏からの短い間に、お奉行の就任時よりずっと内与力筆頭の座にあった古《こ》藤《とう》、そして左遷《させん》された古藤の後を受けて内与力となった倉島と、二人続けて職責を果たせないと見なされるような事態が起こった。

全てが幕臣で構成される町奉行所の与力同心の中で、唯一お奉行の家臣が宛《あ》てられるのが奉行の秘書官や補佐官に相当する内与力なのだが、さすがの大身旗本である小田切家とはいえ、立て続けに二人も飛んでしまうと、重要なお役を任せられる人材に困ることになった。

窮余《きゅうよ》の一策として白羽《しらは》の矢《や》が立ったのが、永年小田切家の家令を勤めてきた唐家である。

それはともかく、前任の内与力二人の左遷には、なぜかいずれも裄沢が深く関わっていた——まあ当人にすれば、真《まこと》に不本意なことだったのではあるけれど。

裄沢のほうにも言い分はある。己の上役にあたる人物を、何も好《す》き好《この》んでポイポイッと吹っ飛ばしたわけではない（またそんな権力《ちから》は、どう頑張ったところで一介《いっかい》の同心にすぎない裄沢には持ちようがない）。

裄沢にすれば己の身に降りかかってくる火の粉を払おうとしただけで、それがこっちを狙って火の粉を振《ふ》り撒《ま》いてきたほうへ吹き戻ったがために、二人いずれも因果応報《いんがおうほう》で火傷《やけど》を負ったというのが裄沢の認識なのだ。

しかしながら、周囲の者が皆そのように考えてくれるかとなると、また話は別である。町奉行所の与力の中でも権力の中枢に近いというばかりでなく、お奉行の家来としても最側近の地位にある内与力を二人も、しかも立て続けに、ただの同心にすぎない男が飛ばしてしまったのだ。

裄沢の「前科」はそれだけではない。これも町奉行所の中で年番方と並んで威勢の強い吟味方の与力も一人、裄沢からの指弾《しだん》を受けてお役を退いたという事跡《じせき》があった。この与力については、奉行所を辞めただけでは済まずにお江戸の町から追い出されたという噂《うわさ》まで流れている。

ちなみに、内与力のお役を解《と》かれてお奉行のお屋敷に戻った古藤も、なぜかいつの間にかいなくなっているという話まで聞こえてきた。

十年ほど昔を辿《たど》れば、ご改革の尻馬《しりうま》に乗った与力が己の立身を懸《か》けて様々な画策を行ったことに周囲から反発を受けて致仕《ちし》(退職)したということもあったのだが、この与力が辞める前に強圧的な態度を取っていた相手も裄沢だった。確証はないものの、他の事例を鑑《かんが》みるに、この与力が致仕するに至った経緯《いきさつ》にも裄沢が絡《から》んでいたようにも見えてくる。

そうして、これもまた噂に過ぎないが、先だって古藤が内与力のお役を罷免される因《もと》となった深川《ふかがわ》の扇屋《おうぎや》で人死《ひとじ》にが出た騒動では、古藤とともに裄沢の仕事の邪魔立てをした与力同心数名が、今後順を追って処罰されるのではとも言われていた。
一介の同心がこれほどのことをしでかした――その過半は噂に過ぎないとはい
え、知らぬふりをしていることなどできるものではない。とはいえ、では何がで
きるのかとなると、事実を確認することすら容易ではないのだ。
下手《へた》に当人の逆鱗《げきりん》に触れるようなことをしてしまうと、自分とてどんな怖ろし
い目に遭《あ》わされるか判ったものではない。では何もせずにいられるかとなれば、
これまで遠巻きにしてろくに話もしようとしなかった相手だけに、どのような隔《かく》
意《い》を持たれているかとやはり気にせずにはいられないのだった。
となれば、どうするか。
愛想よく声を掛け、ご機嫌を伺って先方の様子を見るぐらいが関《せき》の山《やま》というこ
とになる。それであわよくば仲よくなって、という下心もないわけではない。
先ほど書物蔵に向かった際、まともに話したこともない年番方の同心が話し掛
けてきたのもその一例だった。
年番方という肩で風切るお役を拝命し、他の同心どもなど歯牙《しが》にも掛けないつ
もりでいたものが、やさぐれとして目の隅にも入れないようにしていた相手を気

にしないわけにはいかなくなる——いや、これまで冷たい態度をとり続けてきたという自覚があるからこそ、他の者に輪を掛けた掌返し《てのひらがえ》しの態度になっているのである。

人により程度の差はあれ、そうした者が突然何人も目の前に現れてきた。たいていのことには大きく心を揺さぶられたりしない裄沢でも、ここ数日は奉行所の中でとにかく気疲れを覚えるときを過ごしていたのだった。

次の非番《ひばん》（休日）の日。

裄沢の組屋敷を意外な人物が訪ねてきた。

「南町の川田《かわだ》さんが？」

川田は南町奉行所の定町廻り《じょうまちまわ》り同心である。受け持ちは本所《ほんじょ》・深川で、北町の定町廻りをやっている来合《らいごう》と一緒。来合が怪我から復帰するまでの短い間、臨時で代役を勤めた裄沢とは、持ち場が同じということで当然面識があった。

とはいえ、裄沢がお役を替わった今となっては何の関わりもない。わざわざ訪ねてきた理由が判らなかった。

裄沢家に奉公する下男の重次《しげじ》に来客を伝えられた裄沢は、怪訝《けげん》そうな顔になる。

「はい、そう名乗られました――どうやら、お仕事の合間に見えられたようで」

となれば、町方装束《まちかたしようぞく》のままここへやってきたことになる。

――仕事の途中でやってきたとなると急用か？　しかし、南町の廻《まわ》り方《かた》（定町廻り、臨時廻《りんじまわ》り、隠密廻《おんみつまわ》りという町方同心の多くが目指す三職を指す言葉。三廻《さんまわ》りとも称する）が俺に何の用事があるのか。

ますます判らない。ともかく、会ってみなければ話は進まないだろう。

「お通ししてくれ」

「それが、上がるまでもないから庭先へ回らせてくれと」

定町廻りは市中巡回が主要な仕事だから足下は汚れる。それで遠慮《えんりよ》したのかもしれないが、ずいぶんと気を回すものだとそれも不可解だった。

「上がってもらって構わないが、川田さんがどうしてもと言うなら、お好きにどうぞと」

裄沢の意向を受けた重次が承《うけたまわ》って引き下がる。

川田は、やはり家には上がらず庭を回って姿を見せた。

茶の間兼用の居間で、川田がどちらからやってきてもいいように座敷の縁側《えんがわ》近くへ座を移していた裄沢へ、なぜか入ってきづらそうに足を進めてきた川田が頭を下げた。

「非番でお寛《くつろ》ぎのところへ押し掛け、申し訳ない」

「いえ、特に何をしていたわけでもありませんから——ところで、どうしました」

「いや、そのことなんだが……」

わずかに口ごもった川田は次の瞬間、今度は深々と頭を下げる。

「このたびは、本当に申し訳なかった」

突然の謝罪に、裄沢のほうが慌《あわ》てた。

「いったいどうされました。ともかく、頭をお上げください。それでは話もできません」

「詫びなきゃならねえのは、おいらが手先として使ってる御用聞《ごようき》きを、ろくに考えもしねえで求められるまま相手に紹介しちまったことだ」

そのひと言で、川田が何を詫びようとしているかが理解できた。

裄沢が臨時で定町廻りをしていたとき、ぐれた息子について深川の扇屋から相談を受けたのだが、このとき裄沢の存在を快《こころよ》く思わず陰から邪魔立てしようとした者らがいた。

その結果、扇屋の一件では人死にが出て奉行所の尊厳にも関わりかねない事態となったのだが、それはともかく、邪魔をするために裄沢の行動を探るべく、ある御用聞きが利用された。邪魔をしようとした一味の求めを受けて、この御用聞きを紹介したのが川田だったのだ。

「どこからその話を聞きました。当の御用聞きからですか？」

この件について、落着した後も裄沢からは川田に何も言ってはいない。川田は悪事に利用されるなどとは思いもせずに、南北の違いはあれど同じ仕事に就《つ》いている相手に手を貸してやろうとしただけ、と判断していたからだ。

川田は裄沢の問いに頷《うなず》いた。

「ああ、おいらが間を取り持った北町《そっち》の定町廻りの指図に従い探りを入れてた先で人死にが出たから、当の御用聞きはさすがに気にしてたそうだ。で、何にも言ってこねえけどこのごろ付き合いが悪くなった先方のご同業のところへ行き、肚《はら》を割って話をしてみたところが、詳しくは教えちゃもらえなかったけど苦情は言われたってこってな。

そう聞いちまった以上は、おいらも黙ってるわけにゃあいかねえからな。合わせる顔もねえが、それを押してこうやって頭ぁ下げにきたってことさ」

「……元々川田さんにその頼みごとをした人物は、何と言ってました」

真摯《しんし》な態度で謝罪を口にする川田の顔に怒りが浮かぶ。

「当然摑《つか》めえて説明を求めたけど、誤魔化《ごまか》して逃げようとするばっかりだ。善意で手伝ってやったこっちに、これっぽっちもまともな話をしようとしやがらねえ。

もう、あんな野郎に手ぇ貸すようなこたぁ二度としねえよ――この話は南町《うち》の廻り方みんなにしてるから、おんなし土地を受け持ってる者を含めてこっちの誰からも相手にされなくなったはずだ」

南と北で所属が違うからすぐに大きな支障を来《きた》すということはなかろうが、同じ土地を受け持つ定町廻りとは月番《つきばん》（南北の町奉行所がひと月交替で受け持つ新規案件や新規事件の担当月）違いによる引き継ぎなどもあるから、これまで都合を付け合っていたのが表面的なやり取りしかなくなってしまえば、だいぶ仕事がやりづらくなるはずだった。

北町の廻り方の中では、裄沢を邪魔立てしたことで引き起こされた騒動はすでに半ば公然の秘密となっているので、当人はこれで完全に孤立する状況になったたものと思われる。

「そうですか。よく判りました——元々川田さんに悪気《わるぎ》があって手を貸していたとは思っていませんから、これ以上の謝罪は不要ですよ」

裄沢にあっさり赦《ゆる》されて、川田は安堵《あんど》する顔になった。

「そうかい。そう言ってもらえるとありがてえ」

「今川田さんと同じ土地を受け持ってる来合や、その来合につくことの多い室町《むろまち》さんなんかも事情は察しているはずです。俺からもひとこと言っておきますので、これからも今までと同じように付き合ってやってください」

川田にようやく笑顔が戻る。

「いやあ、そう言ってもらえてホッとしたよ。こいで、おいらも肩身の狭い思いをしなくて済みそうだ」

「いや、それはいくら何でも大袈裟《おおげさ》では」

「いやいや、大袈裟なもんかい——来合さんの祝言《しゅうげん》にゃあおいらは出ちゃいねえけど、北のお奉行様がしっかりご臨席なさったこたぁ南町《こっち》でも評判だ。

それを一切合財《いっさいがっさい》段取りしたお人に睨《にら》まれたかもしれねえと気づいたときゃあ、さすがに血の気が失せたぜ」

「お奉行のご出席は、お奉行ご自身のお考えでなされたことですから。俺は場を整えただけですよ」

そう訂正してはみたものの、どれだけ信じてくれたかは不明である。

――これはもしかして、北町奉行所《きたのごばんしょ》だけではなく南町《みなみ》にまで俺の妙な噂が広がりつつあるのか？

そんな不安が胸を過《よ》ぎったが、己にできることは何もない。明るい顔の戻った川田を見つつ、裄沢は心の中でもう一つ大きな溜息をついた。

三

「今戻った」

一日の勤めを終えて己の組屋敷に辿り着いた裄沢は、このごろ御番所内で感じる妙な緊張が解《ほど》けて、ようやく肩の力が抜けたのを自覚した。

「お帰りなさいませ」

下男の茂助《もすけ》が出迎えてくれる。

裄沢家でたった二人しかいない奉公人のうちのもう一人、これも下男の重次が包丁《ほうちょう》を使っていた台所から顔だけ出して頭を下げてきた。

女《おんな》っ気《け》一つないいつもの風景が、妙に苛立《いらだ》った裄沢の心を和《なご》ませてくれた。

臨時で定町廻りをやっていたころとは違い、ほとんど奉行所の中だけで仕事をしている今はそう足が汚れることもない。入り口で脱いだ足袋《たび》を茂助に渡し、替わりに受け取った手拭《てぬぐい》でざっと足を拭《ぬぐ》った裄沢は、その場に茂助を置いて屋敷の奥へと踏み入った。

部屋着はもう用意してあるはずで、裄沢は着替えを人の手を借りずに行うのを習慣としているのだ。

が、今日は後ろから茂助がついてくる。

「旦那様、鷲巣屋《わしずや》さんというところからお届け物がございました」

「鷲巣屋？」

問い返しに茂助は「はい」と返事をしてきたが、裄沢に心当たりはない。

「どこで何の商売をしている者だ」

「日本橋本石町《にほんばしほんごくちょう》の一丁目で、呉服屋を営《いとな》んでおられるとか」

「日本橋本石町……」

日本橋本石町一、二丁目は、同じ日本橋にある本町《ほんちょう》一、二丁目と並んで大きな呉服屋がいくつも暖簾《のれん》を掲《かか》げている町である。裄沢は鷲巣屋の名は知らなかったが、こうした町に見世《みせ》を構えているのであればそれなりの商人であろうかと思われた。

ただ、そうした商人が見も知らぬ裄沢のところをわざわざ訪ねてきたというのも不可解な話だ。ついひと月ほど前まで臨時とはいえ定町廻りをやっていた本所・深川の商家というのならばまだ判らぬでもないのだが。

「来たのは番頭か手代か」

大きな商家の主《あるじ》が留守にしている武家のところへ前触れもなく突然やってくるはずもなし、と考えての問いだった。

「はい、文兵衛《ぶんべえ》さんとおっしゃる方が。二番番頭さんだそうです」

「やってきた番頭の口上《こうじょう》は」

「ただ、お近づきの印にと」

「で、何を持ってきた」

「はて。風呂敷《ふろしき》に包んだ箱を預《あず》かりました。大きさからは菓子折《かしおり》のように思いましたが、ともかく居間に置いてあります」

先方とて、家の主も家人《かじん》もいないところへ上がり込むようなまねはしていないだろう。茂助の返答からもそれは判る。

「そうか。ともかくまずは着替えてから、居間へ行ってみようか」

衎沢の言葉を受けて、茂助は小さく頭を下げるとそのまま引き下がっていった。


茂助に告げたとおり、着替えを終えた衎沢は居間へとやってきた。とはいえ、茶の間と兼用の居間には、夕食を摂《と》るためにいつも足を運んでいるのだが。

茂助が運んだという風呂敷包みは部屋の隅にちんまりと置かれていた。

持ち上げて、いつもの場所に座して結び目を解《ほど》く。中から現れたのは、やはり菓子折のようだった。

――？

蓋《ふた》を取り去ると、格子状に小分けされた仕切りの中に上品そうな小さな干菓子《ひがし》が綺麗《きれい》に並んでいる。違和を覚えたのは、箱の重さからして羊羹《ようかん》のような重量のある菓子が入っているのだろうと予想したのが覆《くつがえ》されたからだった。

外側の箱と内側の仕切りのある容れ物《いれもの》が別になっているようなので、二段重ねなのかと内側の容れ物を持ち上げてみる。

やはり二重になっていたが、下の段に菓子は入っていなかった。

そこには、動いて音がしたりしないようにという意図であろう、底に敷かれた布の上に小判が並べられていた。小判は重ねられておらず一枚ずつだったが、それでも全部で十枚ほどはある。

裄沢はほんのわずかの間それを見ただけで、容れ物を戻し蓋も閉じて元のように風呂敷に包み直した。

「旦那様」

居間の入り口から重次の声が掛かる。顔を上げた裄沢へ、続けて問いがなされた。

「お食事はどうなさいますか」

「ああ、もらおうか。持ってきてくれ」

裄沢の返事に重次が膳《ぜん》を運ぼうと下がっていった。

裄沢は、風呂敷に包み直した菓子折を、茂助が置いていたところへ戻して座に着き直す。

重次が膳を運んできたときには、なにごともなかったかのようにいつもの表情に戻っていた。

　翌日非番だった裄沢は、本所・中《なか》ノ郷《ごう》瓦町《かわらまち》の植木屋備前屋《びぜんや》の主、嘉平《かへい》のところへ出向いた。同輩で幼馴染《おさなな》み《じ》の来合轟次郎《ごうじろう》の婚姻《こんいん》に至る一連の出来事の中で、親しく付き合うようになった相手である。

　前触れもせぬ不意の訪問だったが、幸いにも嘉平は家にいて、裄沢の来訪を歓迎してくれた。

「ところで、本日はどうなさいました」

　しばらく雑談した後、嘉平が裄沢に問うてきた。本来なれば一介の町方同心に過ぎぬ裄沢など会うことも叶《かな》わぬような大商人、こちらの思惑などは最初っからお見通しだったようだ。

　裄沢は、妙な謝罪や遠慮を口にすることなく、素直に用件を切り出した。

「備前屋どのは、日本橋本石町一丁目にある鷲巣屋という呉服屋をご存じでしょうか」

「鷲巣屋さん……いえ、商売も違いますから付き合いもございませんし、初めて聞くお名前ですが。本石町一丁目で呉服屋を開いておられるならば、相当のお方なのでしょうな——その、鷲巣屋さんがどうか致しましたか」

水を向けられて、裄沢は今まで全く関わったことのないその鷲巣屋から音物《いんもつ》が届けられたことを、隠すところなく口に上《のぼ》せた。

「なるほど」

「ところを預かる定町廻りとでもいうならまだしも、それがしがほんのいっとき持ち場にしていたのはこの本所・深川であったし、それもすでに来合へ返し終わっています。にもかかわらず、なぜ見も知らぬそれがしにさようなことをしたのか、思い当たるところがなくて困惑しておる次第にて」

備前屋は茶を喫《きっ》してから視線を裄沢へと戻し、目元を緩《ゆる》ませた。

「ご当人はお気づきではございませぬか」

「？——とは、何を」

視線をはずした備前屋は、直接の返答とは感じられぬ話から始めた。

「このところ、手前のほうにもあまりお付き合いのなかったような方々からの引き合いが増えましてな」

「ほう。商売繁盛は結構なことに存ずる」

「いえそれが、庭をどうこう、植木をどうこうという話ではないものが多《おお》ございまして——まあそれでも、こちらにとって旨味《うまみ》のある話はしてくださるので悪くはないのですが」

話の行き先が判らぬ裄沢は、曖昧《あいまい》に頷く。

「先方からされるお願いごとは、まあいろいろな言い方はございますが、煎《せん》じ詰《つ》めれば皆、裄沢様をご紹介いただけぬかということでして」

「……それがしを、ですか」

半信半疑、というよりは呆気《あっけ》に取られた様子で問い直す裄沢に、備前屋は「はい」と明答《めいとう》する。

「しかし……備前屋どのに願ってくるということは、皆商家の者らということですよね」

「一つか二つ、お寺さんもございましたが、ほとんどはそうですな」

当たり前のことを述べるような備前屋の口調に、裄沢の困惑はますます募った。

「ですから、どこの商いとも直接関わりのないただの内役《うちやく》（内勤）の同心に、商家の者がなぜそのようなことを」

備前屋は呆《あき》れたように首を振る。

「裄沢様は、ご自身のことは何も判っておられないようですな」

「よろしゅうございましょうか。たとえば、己の見世のある土地を受け持つ定町廻りのお役人に誼《よしみ》を通じるのは、そうすれば何か見世のことで上手《うま》くない出来事が起こったときに相談に乗ってもらえるからです。普段からのお付き合いがあれば、出入りとなった定町廻りのお役人も親身になってくれると期待できますのでな」

これは、双方に利があるから当然の期待と言える。また、この程度の付き合いを贈収賄《ぞうしゅうわい》として咎《とが》めるような考え方は、当時はなかった。

「あるいは、商売によっては出入りを求める町方のお役人として、市中取締諸色調掛《しちゅうとりしまりしょしきしらべかかり》を勧めるお方を選ぶ商人もおるやもしれません。町奉行所が今どのような物の値に着目し、手出しをしようとしているかについて、事前に気配だけでも知れれば大ごとになる前に対処できますから」

市中取締諸色調掛も町奉行所《ごばんしょ》のお役の一つであり、市中における物価の調査や過剰な変動があった際の統制といった役目を担《にな》っていた。

「それは、出入りを願う商人のほうにも利のあることですから判るのですが、それがしでは……」

「と、言われても……」

「裄沢様では商人のほうに利がないと?」

「違いますか」

備前屋はゆっくりと首を振る。

「ご当人はどう思われておるか存じませんが、裄沢様はこのところ立て続けに内与力をお二人も町奉行所から放逐《ほうちく》なされた。少し前には、吟味方の与力まで」

「いや、それは――」

「どのような経緯《いきさつ》があったか、そしてご当人がどう考えてのことかは、この際大事ではありません。大事なのは、それが周囲からどう見えるかということですので」

「どのように見えると?」

「裄沢様は同心というご身分でありながら、町奉行所内で自分よりずっとお立場が上のはずの吟味方与力や内与力を、飛ばしてしまうだけのお力を持っておられると」

「いや、そんな」

「お一人遠ざけたというだけなら、ただの偶然だったで済まされたやもしれません。しかし、半年ほどの間に三人ともなれば」

「……」

「詳しくは存じませんしご無礼なもの言いになるやもしれませんが、このところは北町奉行所《きたのごばんしょ》の中でも腫《は》れ物《もの》に触るような扱いを受けておられるのでは」

「……どこからそのようなことを」

「商人は皆、生き馬の目を抜くような争いの中で日々を送っております。己の利になりそうなことには、どこまでも目敏《めざと》くも耳聡《みみざと》くもなるもので」

圧倒される裄沢に、備前屋は諭《さと》すように言葉を続ける。

「よろしゅうございますか。定町廻りや吟味方といった方々は騒動が起こったり起こりそうになったりしたときのため、市中取締諸色調掛は物の値付けにお上から制約が掛かることになりそうなのをいち早く知るために、仲よくしてもらいたいお相手にございます。

それが、ひと声掛ければ廻り方でも、あるいは荷の野積《のづ》みにやかましく言ってくる高積見廻《たかづみみまわ》りでも、町方役人の誰もが言うことを聞き手心を加える気になるお人と誼を通じることができるとなれば、誰に頼るよりもその方を、と皆が願うのは当然にございましょう」

あまりの話に、裄沢は首を振る。

「それがしが、そこまで買い被《かぶ》られておると」

「手前は、これまでのお付き合いで為人を存じ上げているつもりにございますから、裄沢様のなされそうなこと、なさらぬことにある程度は予測がつきまするが、そうでなければ人は己の期待することを事実と信じたい生き物にございますので」

これだけ丁寧に説明されても、裄沢はまだ備前屋の言うことを信じ切れずにいた。

「しかし、内与力二人のうち後のほうのことは、まだ起こったばかりです。いったいどこからそのような話を」

備前屋は、何を当然なことをと即答する。

「商人は皆、町方のお役人と誼を通じたいと申し上げましたな。手広くやっているような者はみんな、それなりのお方と親しくさせていただいているものにございます」

話の出どころは、北町奉行所の与力同心だということだ。

備前屋の話をどこまでまともに受け止めるかは別にして、裄沢にはふと気になったことがあった。

「では、備前屋どのにもそのような町方が？」

「手前には、すでに皆様に羨《うらや》ましがってもらえるようなお方とのお付き合いがございますので」

すまし顔をした備前屋が、にっこりと笑った。

四

「ここか」

人通りの多い道をぶらぶらと、左右を確かめながら歩いていた裄沢は、一軒の建物の前で足を止めた。備前屋で昼食《ひる》を誘われて馳走《ちそう》になった後、いったん組屋敷へ戻ってからまた外へ出てのことだった。

目の前の商家の入り口に下げられた暖簾に染め抜かれた屋号は意匠《いしよう》化《か》されてはっきりとは見定めがたいが、それでも鷲巣屋の見世であろうと察するぐらいはできる。

日本橋本石町一丁目の呉服屋だと聞いていたから表通りに見世を構えているだろうとの推測でやってきたが、どうやら無事に見つけられたようだった。

「御免」

　左手に荷物をぶら提《さ》げた裄沢は、女客ばかりの見世へ気後れする様子なく踏み入って声を掛けた。

　呉服屋は絹織物《きぬおりもの》を扱う見世だ。木綿《もめん》や麻《あさ》などよりも高級品であるが、それ以前に、反物《たんもの》を購《あがな》って着物に仕立てるということ自体が富裕な者のやることである。当時の庶民や貧しい武家などは、古着を買って手直しするのがせいぜいという暮らしをしていた。

　そんな見世にもかかわらず供も連れずにやってきた、あまり裕福そうに見えない武家へ客たちの視線が集まる。会話が止まり、見世の中が静まり返った。

　手代らしき奉公人が間を置くことなく、客の多くが気にする裄沢のところへさっと寄ってくる。

「いらっしゃいませ、ようこそお越しくださりました。お客様は、どのような物をお求めにございましょうか」

　顔に貼り付けた笑みは薄っぺらなもので、「どこの馬の骨がやってきやがった」という警戒心がはっきり透《す》けて見える。

　まあ、こんなところに場違いな貧乏侍が不意に現れたのだから、気を引き締めて応対しようとするのは当然なのであるが。

「ここは、鷲巣屋で合っているか」

「さようにございますが」

返答しながら、手代は警戒を強める。

「見世の主か、二番番頭の文兵衛に会いたい」

主に会いたいというのは、いちゃもんをつけにきたならず者の常套句《じょうとうく》だ。二番番頭の名を出されたことは少し意外だったが、そんなものどこかで耳にしただけかもしれない。

「お客様は……」

警戒を緩めることなく相手の素性《すじょう》を問うた。どう名乗っても、用件と、まずはあり得ないが知り合いかどうかは確かめねばならない。

手代の態度を気に掛ける様子もなく、裄沢はあっさりと応じた。

「悪いが、客ではない。この見世の者が留守宅を訪ねてきたと聞いたゆえ、何の用があったのか訊《き》きにきただけだ——俺は、北町奉行所の裄沢という者だ」

「お役人様……」

手代は、改めて裄沢の人相風体《にんそうふうてい》を見直す。

言われてみるとどことなくスッキリした顔つきをしているのは、それなりの頻《ひん》度《ど》できちんと顔や頭の手入れをしているからのようだった。ちなみに裄沢のところには、定町廻りを勤める来合の世話で、廻《まわ》り髪結《かみゆ》いが三日に一度程度通ってくるのだ。

それに今さら気づいたが、町方役人の定番である黄八丈《きはちじょう》も巻羽織《まきばおり》も身に着けていないものの、髷《まげ》は八丁堀風《はっちょうぼりふう》とも言われる小銀杏《こいちょう》に結《ゆ》っている。相手の言っていることが本当かどうかはともかく、まずは丁重《ていちょう》に扱っておくべきと判断した。

「これは、お見それを致しました。確かめて参りますので、まずはこちらへどうぞ」

今は折悪《おりあ》しく番頭も見世には顔を出していないが、こちらから誰かが訪ねていったという話だから確かめればすぐに判ろうし、万一嘘《うそ》ならばそのまま本当のお役人を呼ぶだけのことだ。

手代は上客の応対に使う小部屋の一つに裄沢を案内すると、小僧（丁稚《でっち》）に茶を出すように申し付けて自分は奥へと足早に向かった。

しばらく待たされた裄沢のところへ、あの手代が戻ってきた。手代は入り口で断りを述べて中へ入ると、その場で座して深々と頭を下げた。

「申し訳ございません。ただ今、主も二番番頭も用事で出掛けておりまして」

裄沢は不快げな顔をすることもなく淡々と返す。

「そうか。では、これを」

そう言って持ち込んだ風呂敷包みを解くと、まだ別な風呂敷に包まれたままの物を前に滑らせた。

「これは」

「ここの二番番頭と名乗った男が、留守宅に置いていった物だ。頂戴《ちょうだい》する謂《い》われがないゆえ、返却させてもらう」

「それは……」

包みを差し出された手代は困惑した。子細《しさい》を聞いてはいないが、わざわざ訪ねていって差し上げてきた物となれば、簡単に受け取るわけにはいかない。

ところが、裄沢と名乗った町方役人はさっさと立ち上がる。

「用件はそれだけだ。邪魔をしたな」

「しょ、少々お待ちいただけませぬか」

勝手な判断はできないからまた奥へ伺いを立てに行こうと、手代は裄沢を引き止めた。

「主も番頭もいないのであろう。なれば、待つだけ無駄というもの――それから今後は、このようなまねはいっさいしないでもらいたいと、裄沢が言っていた旨《むね》きちんと伝えてもらいたい」

言うだけ言うやさっさと部屋を出て、手代を置いて見世先へと一人で向かっていった。

こうなると、無理に引き止めるわけにもいかない。手代は詫びを口にしながら裄沢の後を追うだけになった。

見世を出ても振り返ることなく去っていく裄沢を、手代は為《な》す術《すべ》もなく深々と頭を下げて見送った。

ようやく頭を上げて、己の見送った人物がもう遠くへ去ったことを確認した手代は、一つ溜息をついて見世の中へと戻る。裄沢が去った座敷にいったん向かって返された包みを手に取ると、そのまま奥へと足を運んだ。

「三番番頭さん」

売り場のすぐ裏にある座敷で、算盤《そろばん》を手に帳付けをしていた三番番頭と呼ばれた男は、顔を上げもせずに手代へ問うた。

「お役人はどうしました」

「お帰りになりました」

「嫌味の一つも言ってったかい」

わざわざ自分から足を運んだのに、手代が応対しただけで追い返された。憤《いきどお》って当然だろうとは、三番番頭も思う。

が、手代の返答は予想外のものだった。

「いえ、文句一つ言わずにあっさりと帰られました」

三番番頭は、手代が手にしている包みに目をやって眉《まゆ》を顰《ひそ》める。

「それは」

「二番番頭さんが先方へ持ってった手土産《てみやげ》だそうです。帰りしなに、突き返されました」

わざわざ持っていった物を返されてしまったのでは旦那様の考えていることが根本から崩れてしまう。三番番頭は厳しい口調になった。

「お前……それを、黙って受け取ったのかい」

しかし、手代のほうにも言い分はある。

「先方のお役人がわざわざここまで持ってきたってことは、最初っからそうするつもりだったんでしょう。訪ねてみれば見世の主もいない、言付《ことづ》けを置いていったという番頭もいない、応対するのがただの手代だけだったっていうのに、これ以上向こうの意向に逆らうようなことを重ねたら、それこそ相手にもしてもらえなくなるんじゃあありませんか」

見世の主と一番番頭、二番番頭のいずれもが不在であったのは事実だが、裄沢にそれをそのまま伝えて帰したのは鷲巣屋のいつもの手口でもあった。

思いも掛けぬ金銭を贈られ、気を回して会いに来たところで門前払いされる――役人であれ高禄武家の用人であれ、己はそれなりの人物だとの矜持《きょうじ》を持つ者なれば、こんな対応をされれば大いに怒って当然である。

そこへ、鷲巣屋の主が赴《おもむ》き平身低頭で謝罪する。「お詫びを兼ねて」ということで吉原《よしわら》にでも招いて下へも置かぬ歓待をすれば、どん底まで落ちた鷲巣屋への評価は一気に急上昇するのだ。

そのようにして味方につけた者は、丁重に扱っていると思わせ続けている限り、そう簡単に縁《えん》を切ってくるようなことはない。

無論のこと、きちんとご機嫌を取り結ぶためにはそれなりの捨て石を用意しておく覚悟も要る。こたびで言えば、実際必要になるかは相手次第だが、裄沢と名乗った町方役人の相手をした手代は「見世の大事なお客様にとんでもない無礼を働いた」として鷲巣屋から放逐することも考慮に入れられていた。

ただし、そのことは当の手代も承知の上であり、実際に見世に居られぬようになったとしても次の「働き口」は用意されている。見世での売り子が勤まらなくなったら、仕入れのほうに回ってもらえばいいだけなのだ。

　そうした暗黙の了解があるから、番頭に対する手代の態度は遠慮のないものだったし、却って番頭のほうが気を使って言葉を抑えている節《ふし》がある。まあこの手代の場合、仕入れのほうが本職で、見世での奉公は裄沢に無礼を働いたとして元々すぐに辞めさせる前提でいっときだけ化けていたのであるが。

　三番番頭は、手代の言い分を不承不承《ふしょうぶしょう》認めた。

「まあ、そういうことなら仕方がないのかもしれないが。旦那様には、きちんとご報告するんだよ」

「おっと、おいらに全部押《お》っ被《かぶ》せようとはしないでおくんなさいね」

　手代が釘《くぎ》を刺してきたのへ、番頭は返事もせずまた算盤を弾《はじ》きだした。

五

それから二日ほど後。奉行所の勤めを終えて己の家へと帰ってきた裄沢は、隣の組屋敷から出てきた娘とバッタリ出くわした。

「あら小父《おじ》さん、お帰りなさい。今お戻りですか」

声を掛けてきたのは隣に住む同心の娘、茜《あかね》だった。若い与力同心連中がなんとかお付き合いはできぬものかと色めき立つほどの器量《きりよう》よしだ。

そんな男どもへ無節操《むせつそう》に愛嬌《あいきよう》を振りまくような娘ではないが、子供の頃から可愛《かわい》がってもらった裄沢には、ごく近い親戚の叔父《おじ》さんのように接してくれる。

裄沢も、己の姪《めい》に対するように気さくに返事をした。

「ああ、ただ今。内役に戻ってからはそう忙しくもないからね」

「小父さん、せっかく定町廻りに出世したのに、どうしてすぐにお役を替わったんですか」

「替わったんじゃなくって、替えられたのさ。『お前みたいな末生《うらな》りにゃあ、とっても任せておけねえ』ってな」

　裄沢の軽口に、茜はぷくっと頰《ほお》を膨《ふく》らませる。

「あたしのところにだって、いろいろな噂が耳に入ってくるんですよ。裄沢の小父さんは、定町廻りになってすぐに手柄を立てたのに、あっさり元のお役に戻ってしまったって」

「茜ちゃんは人気者だから、関心を引こうといろいろ言ってくるような野郎もいるんだろうな。中には根も葉もないことを精一杯膨らましたような話もあるから、気をつけるんだよ」

「もう。そんな話じゃなくって、小父さんのお仕事のことだから」

「まあ、人には分相応ってのがあるってことさ――ところで、もう陽も暮れるっていうのに、どこへ行くんだい」

　適当にあしらわれていると不満顔の茜が、裄沢の言葉にはっとした。

「あっ、いけない。お醬油《しょうゆ》切らしたからって、借りてくるように母さんから言われたんだった」

「母上って言わないと、また叱られるぞ」

　裄沢の窘《たしな》めもそっちのけで、「小父さんだからいいのよ」との言葉を残して足早に去ろうとする。

「裄沢家《うち》でもいいんだぞ」

背中に声を掛けたが、茜はそのまま別な隣家のほうへ足を進めていった。

茜は裄沢に遠慮をしないが、両親《ふたおや》のほうはとなるとまた別なのである。それを知っているから、普段母親と付き合いのある家へ足を向けたのだろう。

裄沢も、自身の組屋敷へ向けて再び足を踏み出した。と、そこに声が掛かる。

「畏《おそ》れ入りますが、裄沢様でいらっしゃいましょうか」

足を止めて見やれば、いくらか離れたところに供を連れた町人らしき男が立っていた。

歳のころは五十手前、中肉中背の目立つところのない顔つきをしている。しかし着ている物の生地や仕立ては、この八丁堀界隈《かいわい》ではそうそうお目に掛かれないような代物《しろもの》に見えた。

「どなたかな」

裄沢は、自分へ呼び掛けてきた見憶えのない男に問いを発した。

男は、恭《うやうや》しく頭を下げる。その仕草が、どこか芝居じみている。

「これは不躾《ぶしつけ》なことを致しまして、申し訳ございません。手前、日本橋は本石町のほうで呉服屋を営んでおりまする、鷲巣屋金右衛門《きんえもん》と申します」

「ほう、そなたが鷲巣屋どのか」

「よろしくお見知りおきのほどを」

「して、何用でこんなところへ？」

「これまでの非礼の数々をお詫びに参りましてございます」

「非礼の数々と言われても、それがしにはとんと憶えがないが」

「これは畏れ入ります——手前が申し上げたのは、わざわざ足をお運びいただいた裄沢様を、手前どもの奉公人が不調法《ぶちょうほう》にも何のお構いもせずにそのままお引き取り願ったことにございます。

もとより手前どものほうからお付き合いをお願いしておりましたのに、このような不躾なまねを致しまして何ともお詫びのしようもなく、本来なれば合わせる顔もないのではございますが。どうにかご寛恕《かんじょ》を願えませぬものかと、こうして図々《ずうずう》しくもやって参りました次第でして」

このような媚《こ》び諂《へつら》いを言い慣れているのか立て板に水と捲《まく》し立《た》ててきたが、ここは家のすぐそばとはいえ天下の往来。町方役人の帰り道でも皆が通るところからはすでに枝分かれした先ではあっても、ぽつりぽつりと帰ってくる人影は見える。

しかし、裄沢には家に伴い中へ上げるつもりはいっさいない。

「そなたの見世を訪ねたのはただ置いていかれた物を返したかっただけ。用が済んだのでそのまま帰ったということだ。別段謝ってもらう必要はないし、怒ってもおらぬ。

ともかく、わざわざ謝罪に来てくれたことは受け止めた。それではの」

淡々と言い置いて背を向ける。

裄沢のあまりに淡泊《たんぱく》な態度に、鷲巣屋は思わず「あの、裄沢様」と呼び止めた。

振り返った裄沢は表情を変えずに己の考えを口にする。

「町方と誼《よしみ》を通じたいと申すなら、日本橋本石町に見世を持つそなたであれば、ところを受け持つ定町廻りの西田《にしだ》さんがよかろう。本来なれば間を取り持とうかと言ってやってもよいのかもしれぬが、賑《にぎ》わいのある町であれだけの大店《おおだな》を構えているそなたにはわざわざ手を貸す必要もあるまい。

俺のようなただの内役の同心と知己《ちき》を得たところで、何かの役に立つものでもない。どうやら一部では勘違いをしている者もおるらしいが、俺に注《つ》ぎ込んでもただの無駄金《むだがね》になるだけぞ」

言いたいことだけ言うと、そのままスタスタと去っていく。

鷲巣屋は、掛ける言葉もなく見送るだけとなった。

「ふーん。あれがやさぐれねぇ」

目の前に裄沢がいたときとはコロリと態度を変えて、去っていく後ろ姿を冷たい目で見送る。

「手土産を渡さなくって、よろしかったんですか？」

ずっと後ろで控えていた供の手代が主に問うた。ここまで持たされてきた手土産の包みには、以前よりも多い小判が敷き詰められていた。なお、今日供として連れてきた手代は、先日見世で裄沢の応対をしたのとは別の者だ。

手代の疑問に、鷲巣屋はあっさりと答える。

「あんな木で鼻を括ったような扱いをされたんじゃあ、出すものも出せやしないよ。もしあそこで差し出して突っ返されたら、それこそ取っ掛かりがなくなって縁が切れちまう」

「じゃあ、どうなさるんで？」

「まあ、ちょいと様子見かね。評判を聞いてお近づきになろうとしてたのに、たかが同心と侮《あなど》って軽く見てましたかねぇ。

どんなお人で何を好み、どこに隙《すき》があるのか――じっくりと探ってから、次の手立てを考えましょうかね」

「……そこまで手間を掛けるほどの価値があると」

「はて。それも含めて、見ていこうということですよ」

とは口にしたものの、鷲巣屋は当初裄沢へ手を伸ばそうと考えたときよりずっと興味を覚えていた。

最初は「北町奉行所に一風変わった同心がいて周囲が戦々恐々としているようだ」という噂を耳にして、ちょいと手懐《てなず》ければ面白いかもしれないと思った程度だった。

ところが、見世を訪ねてやってきたときの様子を聞き、本日実際の人物と相対《あいたい》してみて、ただの偏屈者《へんくつもの》ではないと感じさせるものがあったのだ。

――大店の商人の財力も、そこから得られそうなお零《こぼ》れも屁とも思っちゃいないようだ。すると、噂に聞く町奉行所での暴れっぷりもただ拗《す》ね者《もの》だからってわけじゃあないってことかい。

権力にも金にも靡《なび》かない――では、あの男はどこに価値を置いているのか。

そこに、大いに興味を惹《ひ》かれたのである。

――もしかすると、金《エサ》で言うことを聞かせるだけの飼い犬じゃなく、信《しん》を置ける仲間として迎えられるかもしれないね。

そんな期待を持ったのだった。

「まあ、とにかく今日のところはあたしの負けです。とっとと帰りましょうか」

手代の「へい」という応諾《おうだく》の声を聞き流しながら道を戻りかけた鷲巣屋が、何を思ってかふと足を止め、組屋敷の家並みへ目を向けた。

「旦那様？」

「ああ、ちょいと思いついたことがあってね――梅吉《うめきち》。お前さん、周りに勘づかれないように調べてもらえるかい」

今は手代として商家の奉公をしている梅吉だが、こうした頼みごとのほうが本来の得手《えて》であった。

「へい。で、何を致しやしょう」

鷲巣屋は視線を人影のない家並みへ向けたまま、何ごとかを口にした。

六

一日の仕事を終えた裄沢は、自分の仕事場がある町奉行所本体の建物を出ると、表門には向かわず門に連なる同心詰所《どうしんつめしょ》に顔を出した。ここは、廻り方など外《そと》役《やく》（外勤者）たちがそれぞれの仕事に向かう前と終わった後、朝夕に集《つど》うための部屋である。

「おう、どうしたい。来合に用かい？」

いち早く裄沢の姿を見つけた臨時廻りの室町が声を掛けてきた。定町廻りの補助や助言、指導を任務とする臨時廻りの室町左源太《さげんた》は、裄沢の幼馴染みの来合と組むことが多く、また来合が怪我をして休んでいる間に臨時で定町廻りのお役に就いた裄沢も大いに世話になった相手だった。

集まって一日の報告や互いに知っておくべきことなどを話し合っていた定町廻り、臨時廻りがいっせいに裄沢のほうを見る。

「夕刻の集まりが終わりましたら、ちょっと西田さんに」

裄沢のほうへ足を向けようとしていた来合が立ち止まる。代わって、西田が集まりの中からひょっこり顔を出した。

「ん？　俺か。もう終わったから、いいぞ」

気軽に応じてくれた。

西田小文吾《こぶんご》は日本橋北から神田《かんだ》や上野《うえの》、さらには浅草田圃《あさくさたんぼ》までを受け持ちとする熟練の定町廻りである。

定町廻りや臨時廻りの面々は、裄沢が一時期廻り方として同じ勤めをしていたからというばかりでなく、「定町廻りが捕《と》り損《そこ》ないをした」という誤解を解くのにひと役買ったことを受けて、ごく一部の者を除いて皆が好意的に接してくれる。中でも西田は誤解を受けていた当の本人ということで、裄沢には特に好意的に接してくれる一人であった。

ともかく裄沢としてはありがたい話である。

「じゃあ、お先」

そう言って集まりから離れる西田を、他の面々が「お疲れ」などと声を掛けて見送った。入り口まで足を進めて裄沢の前に立った西田は、真っ直ぐ問うてきた。

「何か、難しい話かい」

「いえ、すぐに済みますので」

そう返答した裄沢の様子から、あまり皆に聞かせたい話ではなさそうだと見当をつけて、同心詰所の外へ連れ出した。

「で、どうした」

「帰り際に申し訳ありません。西田さんの受け持ちの中にある商家について、もしご存じのことがあったら教えてもらえればと思いまして」

「商家。どこだい」

「日本橋本石町の呉服屋、鷲巣屋というところです」

「鷲巣屋ねえ」

裄沢から見世の名を聞いた西田の口元がわずかに歪《ゆが》んだ。

「西田さんは出入りをされていないのですか」

「いっときはしてたんだがな」

持って回った言い方に裄沢は疑問を浮かべる。

「おいら以外にも年番方か吟味方の与力にも出入りを願いてえって言ってきたんで、じゃあおいらは要らねえだろうって以降の付き合いは断ったのよ」

出入りの町方として依頼者側から人気があるのは、同心ならば市中の揉《も》め事《ごと》の仲裁に経験豊富な廻り方、与力であれば奉行所内でも発言力の大きい年番方や吟味方がまず挙げられる。

定町廻りに出入りを願っていながら「年番方か吟味方の与力にも」などと望まれたのでは、自分は役立たずと思われているのか、ということになる。単にその見世との関わり方だけでなく、これを許すことによって他の出入り先をはじめとする自分の持ち場内の面々から軽く見られたのでは、本来の仕事にまで支障を来《きた》しかねないという危惧《きぐ》もあるから、簡単に認められることではないのだ。

「ああ、あの界隈を受け持ってる南町《みなみ》の定町廻りは出入りしてるらしいぜ」

他人事《ひとごと》のように付け足してきた。

「鷲巣屋とは、どのような商人なのですか」

「二、三年ほど前《めえ》に本石町で見世ぇ開いて、たちまち少なくねえ客がついたって評判のとこだな。元は摂津《せっつ》辺りの商人だったらしいが、ありゃあ去年のことだったか、江戸店《えどだな》にやってけそうな見通しが立ったってことで、江戸店広げる代わりに国許《くにもと》の本店《ほんだな》閉めて、みんなこっちへ移ってきちまったって聞いてる。

まあ、そういう商人もいねえワケじゃねえけど、新たなことに手ぇつけて二年もしねえうちにパアッと肚ぁ決めて後戻りできねえような決断をするってえのは、ずいぶんと珍しいように思うね」

「商人らしくはないと」

「ここぞというときゃあ、度胸決めて大博打《おおばくち》打つのも成り上がる商人にゃあよく見られるやり方だけど、そういうのともちょいと違うふうに見えるな」

「というのは」

「たとえば紀文《きぶん》（元禄《げんろく》期の大商人、紀伊国屋文左衛門《きのくにやぶんざえもん》のこと）が身代《しんだい》傾くほど大量に木曾《きそ》から材木買い込んで江戸で大儲《おおもう》けしたってえなぁ、先行きを見通して勝負に出たってこったから得心はいかぁ。

けど、江戸店が上手くいきそうだとなったたって、まだ見世ぁ開いて二年経つかどうかの先行きも見えねえうちから、別に国許の本店閉めてみんなで出てくる要はねえだろ。じっくり腰ぃ据えて、儲けのほとんどを今後も江戸店で出せるとなってから、初めて根城《ねじろ》ぉ移しゃあいい話だ。別にわざわざ背水《はいすい》の陣《じん》を敷かなきゃならねえような理由は、一っつもねえんだからよ」

「確かにそうですね……じゃあ、摂津のほうで商売を続けられなくなるような何かがあったとは考えられませんか？」

「うーん。江戸でも付き合いのある見世がねえわけじゃねえけど、いずれも小口だそうだ。するってえと、主な仕入れはまだ上方《かみがた》のほうでやってんだろうから、向こうで何かとんでもねえことやらかしたってワケじゃあねえと思うぜ。何かありゃあ、取引なんぞ続けちゃもらえねえだろうからな。

そいつはともかく、別に鷲巣屋が何かやらかしてそうだって疑いがあるわけじゃなし、摂津くんだりまで手ぇ伸ばして調べるようなこたぁできねえわなぁ。

でもよ、上方から江戸に見世ぇ出してるとかぁ鷲巣屋だけじゃねえからな。もし何かやらかして逃げてこなきゃならなくなったんだとしたら、そうした悪評が江戸《こっち》まで全く聞こえてこねえなぁ理屈に合わねえな。

まあ、もう向こうに見世は残ってねえようだから、今から調べようったってどこまでできるか判ったもんじゃねえけどよ」

鷲巣屋とすれば向こうに居づらくなるような出来事があったとしても、世間の噂になってそれが江戸まで聞こえてくるようなことにはならずに済んだのならば、確かに今さら洗い出すのは難しいかもしれない。

もっとも、今のところ何をやったわけでもない鷲巣屋にそんな探りを入れること自体が、西田の言うようにできることではないのだけれど。

「後、あの見世に普通と違うとこがあるとすりゃあ、あんだけの場所であんだけの商いやってながら、平気で格落ち品を扱ってるってことかな」

「格落ち品？」

「呉服屋が扱う絹織物なんざぁ、多くが船で運ばれてきた品よ。当然、船は途中で嵐に遭ったり、風がねえところで潮《しお》に流されて座礁《ざしょう》しかかったりするようなこともある。そしたら積み荷は潮ぉ被ったり海の水に浸《つか》ったりもするだろ。そんななった反物は、どんだけいい糸使って一流の職人が丹精《たんせい》込めて織った物《もん》だって、一段も二段も低い扱いになっちまうのさ。加賀友禅《かがゆうぜん》、西陣織《にしじんおり》に小千谷縮《おぢやちぢみ》、絹物以外も含めてその他いろいろ、格落ち品の品揃《しなぞろ》えが他じゃあ見られねえほど豊富だって言《せ》うぜ」

この時代の陸上の交通網は、「大軍が容易に攻めて来られないように」といった理由で必要最低限の整備しか行われていない場所が多かった。日《ひ》の本《もと》で一番交通量の多い東海道《とうかいどう》ですら、箱根《はこね》の急坂や大井川《おおいがわ》の川越人足《かわごしにんそく》のみで運用される渡河《とか》など、大量の荷物を遠隔地まで運搬するには適さないような状況が随所で見られたのだ。

従って、大量、重量がある、嵩張《かさば》るといった荷は船で運ぶのが一般的だった。海難事故なども少なからず発生し、沈没までは至らなくとも荷が海水に浸かるような状況が幾度となく生じた。

　裄沢は、相鎚代《あいづち》わりの言葉を発する。

「日本橋本石町のようなところの表店《おもてだな》（表通りに面した見世）で、そうした品を扱っていると」

　自分のところで買い付けた物を運ばせた場合でも、そうした品が出てしまった場合、多くの大店は信用に関わるとして元々古着や格落ち品を扱っている別の流通へ卸《おろ》してしまう。見世の格を落としてしまうような品は、自分のところでは決して売らないものなのだ。

「無論のこと、ワケありの品だってちゃんと断って売ってるよ。どこから仕入れてんだか数ぅ揃えて、格落ち品にせよずいぶんと安い値を付けてるようだ。それで、建って間もねえころからあの見世は流行《はや》ってるってこった」

　自分のできる範囲で教えられることは伝え終わった西田が、改めて裄沢を見る。

「で、なんで鷲巣屋にそこまで興味を持ってんだい。あそことナンかあったのかい」

「まあ、あったと言えばあったのですが――俺が留守の間に番頭を訪ねさせて、手土産だと言って小判を何枚か底に敷いた菓子折を持ってきました。突っ返しに見世に行ったところ今度は先方が留守だったのですが、後で見世の主がやってきまして。

家にも上げずに追い返したはいいものの、どういう魂胆《こんたん》があったのか、ちょっと気になりましたので」

「へえ。お前さんも、ずいぶんと人気が出てきたようだね」

「勘弁してください。こっちは町奉行所《ごばんしょ》の隅で大人しくしていたいだけなのですから」

「それにしちゃあ、いろいろとご活躍だろ——まあ、そのお蔭でおいらも救《たす》けられた口だけどな」

「知り合いの商家の主に聞いたのですが、なぜかそうした話が商人たちの間で広まり始めているそうで」

「連中も耳聡いからなぁ」

「誰か、そういう話を触れ回ってる人でもいるんじゃないかと疑いたくなってきます」

西田がふと目を逸《そ》らしたのは、出入り先の商家あたりでそうした話題を持ち出した憶えがあったからかもしれない。

「まあ、人気者の運命《さだめ》だな。お前さんが自分で言うように今後は大人しくしてるってんなら、ただいっときのこったろうさ」

西田は慰めてくれたが、自分から騒ぎになるようなことはそうそうやった憶えがないのに、「今後は大人しくしてるなら」という言葉は耳に引っ掛かった。ただ振り返ってみると、町家の母娘《おやこ》の仇討《あだう》ちに自分から肩入れしたり、確かに大人しくばかりしてたわけではないという自覚もあるのだが。

「西田さんが出入りを断っていると聞いて、少し気が楽になりました。俺も鷲巣屋には、それを理由に対処させてもらいます」

「好きにすりゃあいいさ。けど、用部屋手附で出入り先があるってえなぁ、周りからは羨ましがられる役得だと思うけどなぁ」

「独り者で奉公人も下男二人だけの暮らしです。余計な金には余計な柵《しがらみ》がついてきますので、歓迎したいとは思いませんね」

臨時で勤めた定町廻りがもしまだ続いていたなら受け持ちの中にある商家のいくつかから盆《ぼん》に付け届けが寄せられただろうが、備前屋と、その備前屋からの紹介で相談を受けた扇屋の錦堂《にしきどう》との付き合いが今後とも続いていくなら、それだけで十分だと思えている。

「やっぱお前さん、評判どおりの変わり者《かもん》だねえ」

西田に笑われてしまった。

思っていたより詳しい事情が聞けたが、鷲巣屋に対して何とはなしに覚えている疑心のようなものは解消されなかった。

西田に礼を言って別れると、別な者から声が掛かった。

「おい、何かあったのか」

振り返ってみれば、幼馴染みの来合がすぐそばにヌッと立っている。

「っと、お前みたいに無駄に大《でか》いのが、気配もなしにそんな近くに突っ立ってんじゃないよ。驚くだろうが」

フン、と鼻息一つでこちらの抗議を吹き飛ばした来合が言ってくる。

「俺は普通に歩いてきただけだ。気づかねえお前が悪い」

見上げるほどの図体《ずうたい》をしているのに剣術の達者だから、当人は意識せぬまま猫を思わせるような身のこなしをするときがある。半分は言い掛かりだと自覚しつつもそれを指摘しようとして――いつもの仏頂面《ぶっちょうづら》の中にこちらを心配する目の色が映る。

「ああ、大したこっちゃない。ちょっと西田さんの受け持ちの中で、訊きたいことがあっただけだ」

「何かあるなら相談に乗るぞ。いつもの蕎麦屋《そばや》へ行くか」

そのために、西田との話が終わるまで邪魔することなく待っていたらしい。自分の祝言までの間にだいぶ骨を折らせたらしいことを気に掛け、どうにか役に立とうと柄《がら》にもなく気を配っているふうに見えた。

「何言ってやがる。かみさんもらったばっかりの男を早く家に帰してやらなくっちゃあ、こっちが恨《うら》まれる。さあ、つまらねえことを心配してねえで、さっさと帰った、帰った」

背中を押すようにして帰宅を促した。

まだ言い足りなさそうな顔をした来合だったが、無理強《むりじ》いするわけにもいかないようで渋々家へと足を向ける。

「ホントに何もねえのかい」

別の声が掛かったほうを見やれば、室町までが裄沢を案じて様子を見ていたようだった。

「はい、ありがとうございます。必要だと思ったときには、遠慮なく相談させてもらいますので」

「……なら、いいんだが――じゃあな、お先するぜ」

桁沢の顔色をじっくり見た後で、室町も別れを告げてきた。

礼を述べた桁沢は、その場にしばらく佇《たたず》んで帰っていく後ろ姿を見送った。

七

鷲巣屋では、主の金右衛門が手代の梅吉と話をしていた。

この見世に番頭は三人いるが、いずれも商売の話はできても、それ以外のことには全く才覚がない。商売をやるために雇っている者たちだから、それでいいと鷲巣屋は割り切っている。

だから、いろいろな細工をするようなときには手代の梅吉と話をするのが常だった。

「それで、あのやさぐれ同心のほうは進んでるのかい」

問われた梅吉は恐縮しつつ答える。

「いえそれが、なかなか手強《てごわ》い野郎でして」

「堕《お》ちそうにないってかい――ことわざにも『将を射《い》んと欲すれば』って言うじゃないか」

裄沢当人とは、時期尚早のようだからよほどしっかりした見通しが立たない限りまだお前は接触するなと、手代は鷲巣屋から強く言われていた。

「ええ。あの後、当人の留守のところへ何度か行きましたけど、奉公人の下男どもは家に上げてくれるどころか『旦那様に断れと言われてる』ってこっちの話をまともに聞こうともしませんで」

鷲巣屋は手許の帳面から視線を上げた。

「へえ」

「近づいてどうにか仲よくなろうとしましたけど、爺《じじ》ぃのほうだけでなく、それより若いほうも全くその気を見せませんで。

金も、酒も、それから女もそれとなく引き合いに出しましたけど、乗ってくる気配がこれっぽっちもありませんや」

「ふーん。たかが町方同心風情《ふぜい》で、ずいぶんと躾《しつけ》が行き届いてるもんだねえ――それって、なんでだと思った？　まさか下働きの男どもを大金払って雇ってたり、どこまでもついていきたくなるほど何かいい思いをさせてたりってことはないだろうしね。下男が二人とも、こっちの誘いに乗らないほど忠義に篤《あつ》いってかい？」

そんなことはあり得まいと、梅吉に確かめる。

「あっしの見た感じで言いますと、爺ぃのほうは確かにそんなふうかもしれやせんね。こっちの言うことに全く耳を貸そうともしませんし。

若いほうはそうでもねえようですけど、なんか爺ぃの言うことは素直に聞いてるように思えました」

「なんだか、よく判らないねえ」

鷲巣屋は溜息をついた。しかし、どこか機嫌がよさそうだ。

鷲巣屋は、当人が目立たせようとはしないために隠れている裄沢の能力について、また一つ評価を上げたのだった。

「仕方がない。もう一度あたしが腰を上げますかねえ」

「旦那様。なんであんな野郎にそこまで執心なさるんで？」

これが廻り方であるというのなら、そのひと言、振る舞い一つで市中に影響を及ぼせるだけの力を持っている分、判らぬでもない。しかし鷲巣屋が執着しているのは、町方同心であっても自分らとは直接関わることのない「内向き」の仕事だけをしている男なのだ。

確かに、奉行所の中で与力を何人か飛ばしたとか、そのために周りからいろいろと気を回され警戒されているとかいう話は聞かされた。

けれど、どうにも本当のこととは思えない。それらしい、ほんの些細《ささい》なことは何かあったかもしれないが、町方の中のお調子者によって針小棒大《しんしょうぼうだい》に喧伝《けんでん》されているだけではないのか。

問われた鷲巣屋は、上機嫌なまま笑みを浮かべた。

「まあ、匂《にお》いがしたっていうかね」

「匂い、ですか？」

「ともかく、味方にできるならしておきたいのさ。実際どれほど役に立つかは、そうなってからのお楽しみだね」

梅吉の疑問にまともに答える気はないようだ。

「お前、この先の裄沢様の非番の日とかいつもの帰りの刻限とかを、もういっぺん確かめておくれでないかい」

「へい。そのぐらいなら、町方の誰かに鼻薬を効かせりゃあすぐですから」

「頼んだよ」

ひと言添えると、もう関心はないとでもいうように手許の帳面に専念する姿を見せるのだった。

それから数日後。

一日の勤めを終えた裄沢は奉行所を出、呉服橋《ごふくばし》を渡ると、己の組屋敷がある東へは向かわず北へ足を進めた。目の前を横切る日本橋川に架かる一石橋《いちこくばし》の袂《たもと》には、よく行く蕎麦屋兼業の一杯飲み屋があるが、今夕は前を素通りして橋を渡る。

日本橋川を越えた先は、北鞘町《きたさやちょう》という町家である。元々は刀の鞘を作る鞘師《さやし》が多く住まう町だったと言う。このまさらに数町（数百メートル）も北進すれば、鷲巣屋のある本石町に行き当たる。

裄沢は北鞘町でお濠《ほり》沿いに北へ足を進めながら、一軒一軒の見世を確かめているようだ。そうして足を止めたのは、小洒落《こじゃれ》た佇まいの料理茶屋だった。

「御免」

敷地の中へと踏み込んだ裄沢は、戸口で声を掛ける。

「いらっしゃいませ——北町の、裄沢様でございましょうか」

初見であるはずの見世の奉公人が見当をつけられたのは、裄沢が勤め帰りで町方装束だったからであろう。

「さよう。先方はもう着いておるか」

「はい、お待ちでございます。どうぞこちらへ」

裄沢は奉公人の案内に従い見世の奥へと通った。奉公人はずんずんと廊下を奥へ進んでいく。

行き着いたのは、渡り廊下でつながっている離れとも呼ぶべき座敷だった。

奉公人は、障子《しょうじ》を開ける前に中へと断りを述べる。

「失礼致します。お連れ様がお着きでございます」

はいはい、という機嫌のよさそうな中の声を受けて、奉公人が障子を開ける。

座敷の中で待っていたのは、先日組屋敷の前で裄沢を呼び止めた鷲巣屋であった。なぜかその脇には、同じ日に供についていた手代の姿も見える。

「お呼び立てして申し訳ございませんでした。ささ、そんなところで立っておられず、どうぞ中へ」

にこやかな鷲巣屋の誘いに、裄沢は無言で座敷に踏み込む。そのまま、鷲巣屋と正対する上座《かみざ》で膝《ひざ》を折った。

先に到着していた鷲巣屋らの前には茶も出されてはいなかったが、見世の仲居により三人の膳がすぐに運ばれてきた。

それぞれの膳を運んできた仲居が酒器《しゆき》を持ち上げ酌《しやく》をしようとする。鷲巣屋と手代は杯《さかずき》を取り上げて受けたが、裄沢は断った。

困惑顔の仲居たちを、鷲巣屋は下がらせた。そして裄沢に対し、改めて深く頭を下げる。

「本日はよくお越しくだされました」

裄沢は、感情の籠《こ》もらぬ声で返事をする。

「あんな招待のされ方では、断るわけにも参らなんだからな」

ただ単にこのような席へ呼ばれたならば、裄沢はやってくるつもりはなかった。

しかし、鷲巣屋からの招待文には、町方与力からの口利きの手紙が添えられていたのだ。勤め先も違う南町の与力からの物ではあったが、さすがに足も向けないというわけにはいかなかった。

これが同じ北町奉行所の与力であったなら、この日を迎える前に事情を聞くなど何らかの手立てが取り得たかもしれない。しかし、相手がこれまで会って話したこともない南町の与力となると、招待日まで期日がなかったこともあり、そのままやってくるのが一番手っ取り早い方法だと判断せざるを得なかった。

おそらくは鷲巣屋は、そこまで算段した上で口利きをしてもらう相手を選んだのであろう。

裄沢は、三人しかいない座敷の中をあえて見回してから口を開いた。

「この席への仲介をいただいた南町の与力どのはいずれに」

「本日はご遠慮いただきました」

言外に咎《とが》めを含んだ裄沢の問いに、鷲巣屋はさらりと返した。

「なれば、もはや俺がここにいる要はないな」

「まあ、そうおっしゃらず。せっかくお越しくだされたのですから、どうかごゆるりと」

「仲立ちをすると言ってきた者がおらぬのであれば、会合は成り立つまい」

「ご無礼の段は平《ひら》に。どうしても、余人を交《まじ》えずお話をさせていただきたかったものですから」

「余人を交えず、か」

そう繰り返した裄沢の視線は、鷲巣屋の隣に控える手代に注がれている。

主の供としてついてきた奉公人なれば、主人の用が終わるまで供待《ともま》ちなどの別室で待機するのが本来の有りようだ。

「この者は、手前の右腕でございますので」

「右腕――番頭が二人以上もおるというのに、手代が右腕か」

鷲巣屋は「はい」とのみ答えて平然としている。

関心ある相手ならばともかく、赤の他人の事情を追及する気はない。裄沢は話を本筋へと戻した。

「どうも俺に関しての噂が商人たちの間に広がるうちにずいぶんとご大層なものになっておるらしいが、その実態は拍子抜《ひようしぬ》けするようなつまらぬものでしかない。

そなたなれば、こたび仲立ちを頼んだ南町の与力どのをはじめ、もっと有用な者の手をいくらでも借りられるであろう。なぜここまで俺にこだわるのか、全く不可解なのだが」

鷲巣屋は、裄沢が仲居の酌を断ったため膳に置いていた杯を取り上げ、乾《ほ》してから口を開いた。

「手前が他にどのようなお方の手を借りられるとお思いになっても、このように近づいてくるなれば受け入れていい目を見ようとするのが普通のお人にございます。しかし、裄沢様はちょっと違う。

ご自身に関する噂が商家へ広まる間に大袈裟なものになったとおっしゃいますが、元々の御番所内でのご様子だとして聞こえてくるあれこれを並べましても、やはり普通のお方とは違っておりますようで——与力の方々を飛ばしたお話にしましても、他の方なら『ご無理ごもっとも』であえて逆らうようなまねはしないところを、ご自身がこうあるべしと思われる途《みち》を貫かれるがゆえに、そうした騒動になる」

「それもずいぶんと買い被りが入ったものの見方だと思うが、よしんばそうであったとしても、そなたらが関わろうとして得になることなどないのではないか」

裄沢の疑念に、鷲巣屋は笑みを浮かべ、裄沢の問いへの答えではなく己の考えの続きを述べた。

「とりわけ他のお方と違っているのは、他のお方が上に逆らい己の意地を通さんとしたところで必ずしも上手くはいかないものを、周囲の方々が驚き呆れるほどの成果を残される点にございましょう。

ゆえに、裄沢様と接する方々は、まずは裄沢様の意に逆らわぬよう振る舞うことを心掛けるようになられた。それが、今噂となっている北の御番所の実際の有りようであろうと存じまする」

鷲巣屋が自信ありげに述べた考えに、裄沢はそういう見方もあるかと得心した部分もあった。が、一から十まで「そのとおりだ」という全面的な肯定はできそうもない。

「やはりずいぶんと持ち上げられたように思うが、だからどうだと言うのだ。もしそなたの言うとおりであったとしても、この俺が『こうあるべし』と思ってそなたからの誘いを受けていないからには、意に逆らうこうしたまねは、そなたにとって好ましからざる結果につながるということになるだけであろう」

八

裄沢の反論を、鷲巣屋は余裕のある表情で受け止めた。

「裄沢様は、御番所の中で何を望んでお勤めになっておられますか」

唐突な問いに、裄沢は目を細める。

「何を望んで？」

「はい。無論のこと、俸禄《ほうろく》のためにとか、町方役人という親代々のお役を受け継ぎ後継へ伝えるため、などというお返事はなされませんな――もしそうならば、つい先ほど手前がお示ししたような働き方はなさっておられないでしょうから」

「……何か高尚な返答を望まれていそうだが、そのようなものはないぞ。ただ、大過《たいか》なく日々を過ごしたいがため。それゆえ、不愉快なことを押しのけんとしておったら、どういうわけかこのような事態に立ち至ったというだけ」

「さほどにお隠しなされずとも、よいではございませぬか」

「俺が隠しごとをしていると？」

鷲巣屋は自信満々に頷いた。

「はい――失礼ながら裄沢様は、今の御番所の在り方にご不満がお有りなのではないですか？　ですから黙っておられずに、いろいろと逆らうことになってしまわれる。裄沢様ほどのお方となれば仕方のないことでしょうし、また裄沢様ほどのお方であるからこそ、我《が》を押し通すことがお出来になる」

「……やはりそなたには誤解があるようだが、もしそなたが考えるとおりだとして、どうしてそれが俺にこだわる理由になる」

「確かにお出来になっておられれば致しますが、しかし実際に出来たことはといえば、ご自身に降りかかったことを正すところまでに限られる——大因《おおもと》へ手をつけるには至らず、心中歯痒《はがゆ》い思いをしておられることと存じます」

「……………」

鷺巣屋は、裄沢の瞳《ひとみ》の奥を覗《のぞ》き込むようにして言った。

「裄沢様がいくら力を尽くされたところで御番所が内側からだけでは変わらぬなれば、内と外と両方から働き掛けてはみませぬか」

誘いかけに、裄沢はじっと相手を見た。

「……そなたに、外から働き掛ける力があると」

「はい」

鷺巣屋は即座に断言する。

「日本橋本石町に見世を持つ商家とはいえ、一介の呉服屋がか」

裄沢の問い掛けに、低い声音で応じてきた。

「呉服屋だけが、手前の生業《なりわい》とは限りませぬよ」

そこにいるのは、先ほどまでの腰の低い商人とは全く違った男であるように見えた。ぎらぎらと光る二つの目だけが明らかな、鷺巣屋よりもひと回りもふた回りも大きい漆黒《しっこく》の固まりが裄沢を睨み据えている。

それに気圧《けお》されることなく、裄沢は問うた。

「限らぬなれば、他に何を」

「それを明かすのは、手前の申し出をお受けになってからとさせていただきとうございます」

じっと鷲巣屋を見る裄沢を、鷲巣屋も無言で見返す。

口を開いたのは、裄沢のほうだった。それまでの緊迫したやり取りなどなかったかのように、あっさりとした言いようだった。

「そなたはやはり、大いに勘違いをしているようだな」

「ほう、勘違いと」

ただの確認のための繰り返しだが、その声には苛立ちが含まれているように聞こえた。

裄沢は淡々と続ける。

「俺は、御番所そのものの有りようが誤っているなどとは考えておらぬ。それは、『かくあるべしと思うたことが通らぬ』と諦《あきら》めねばならぬときは落胆もするが、理由は己の力不足。周りが悪いとか、仕組みが間違《まちご》うておるなどと憤激するのは筋違いだと心得《こころえ》る」

「しかし──」

反論しようとする鷲巣屋を、裄沢は言葉を被せて遮《さえぎ》った。

「そなた、内と外と両方から働き掛けて今の有りようを変えてみぬかと申したな──そなたの言う働き掛ける先は御番所のみか？」

問われた鷲巣屋は、返事をせずにじっと裄沢を見る。

「己の生業は呉服屋だけとは限らぬと申すそなたも、さすがにそれを越える働き掛けなどできはしまい。また、外からのそなたができたとしても、一介の町方役人に過ぎぬ俺にはとうてい無理な話だ。

そしてもし、そなたの言うように御番所を変えられたところで、いったいそれでどうなる。お上自体の有りようが変わらねば、すぐ元に戻されてしまうだけだと容易に察せられよう。ただいっときの夢幻《ゆめまぼろし》に終わるだけよ。

つまりは、そなたが口にしたことはただの絵に描いた餅《もち》。そうでなければ──」

裄沢は一拍《いっぱく》置いて鷲巣屋に厳しい目を向けながら後を続けた。

「俺を唆《そその》かし、己の意のままに動かそうとするそなたの奸策《かんさく》ということになろうな」

「……そこまで手前をお疑いで」

　裄沢は小さく笑う。

「ここでそんな科白《せりふ》が出てくるか。そなたの考えは成らぬと言った我が言葉を論破できなかったところで、俺の考えを変えることは完全に無理になったぞ」

「……残念にございますな」

「わざわざ足を運び無駄なときを過ごすことになって、俺も残念だ」

　これには、鷲巣屋は応《こた》えなかった。

「では、用は済んだようなので帰らせてもらう」

　裄沢はそう宣言するとすぐに立ち上がり、座敷を後にする。結局酒にも膳の物にもいっさい箸《はし》をつけることなく出ていった。

　その間、鷲巣屋は言葉を発せず、裄沢を見送るどころか席から立とうともしない。座敷から出る裄沢へ目もやらず、唇を引き結んでいるだけだった。

「……旦那様」

　裄沢がやってきてからいっさい口を開くことのなかった手代の梅吉が、初めて言葉を発した。

「ずいぶんと虚仮《こけ》にしておくれだねえ」

口ぶりは穏やかだが、梅吉には鷲巣屋の怒りがはっきりと感ぜられた。それでも、淡々と己の言いたいことを口にする。

「あれでは、取り付く島もありませんね」

「………」

「あの小役人への働き掛けはすっぱりとやめて、代わりにどこか他を当たるということでよろしいですか」

問われた鷲巣屋はしばらく無言であった。梅吉の半ば咎めるような視線を受けて、ようやく返答を口にする。

「このまんま見逃《みのが》すってのもちょいと業腹《ごうはら》だ。少々痛めつけて、慌てさせてやりたいねぇ」

「町方へ、手をお出しになるってこってすか」

問いの形を取った言葉に非難が籠められていることに気づき、鷲巣屋も少々冷静になる。しかしながら、撤回する気持ちにまではなれなかった。

「直接手を出して怪我させようなんて考えちゃいないよ。まぁ引っかき回して、右往左往させてやればこっちの腹の虫も少しは治まるだろうってくらいでね」

「……で、どうしろと」

具体的な手立てを考えていくうちに冷静さを取り戻し、無益さに気づいて諦めてくれるかと期待しての問い掛けだった。

問われた鷲巣屋はわずかに考えた。

「そうさね。以前あいつの組屋敷まで訪ねてったとき、お前に頼んだことがあったろう」

「ええ」

「そっちのほうでやれそうなことはありませんかね」

「そっちに手を出すんですか？」

意外だという感情を、珍しく梅吉が面《おもて》に出した問い掛けだ。

「町方役人に直接手を出すよりは、ずっと危険は少ないでしょう」

鷲巣屋は何でもないことだと軽く答えた。

「でも、そっちとあの町方とをどう絡めるんで？」

「どうするかは任せますけど、最後にあいつを脅《おど》してアタフタさせられりゃいいですよ」

ずいぶんと簡単に言ってくれる。

しかし、当人に対してそれとなく脅すだけなら実害のない「それらしいこと」

をするふりで済むかもしれないが、自分以外の誰かに危害が及んだと知った町方が動揺するような手の出し方となると、それなりのことを実行する必要が出てくる。

「……本気なんですね」

さっきからの腰の引けた梅吉の言いように、鷲巣屋は微《かす》かな苛立ちを覚えていた。念を押されて、ついに辛抱が切れる。

「お前、こっちに来るときには、なんでもあたしの指図に従えって言われなかったかい。言うことを聞けないんだったら、いつでも戻ってもらっていいんだよ」

鷲巣屋の突き放した言葉に、梅吉もついに説得を諦めた。

「判りました。けど、実際やれるかどうかは様子を見た上になりますからね」

「何もお前さんが自分でやらなくとも、ざっとそこいらを当たりゃあ、やってくれそうな者なんかいくらでもいるわけですからね」

言いすぎたと思ったのか鷲巣屋が宥《なだ》めるようなもの言いをしてきたが、梅吉はひと言「へい」と応じただけだった。

――あの小役人への働き掛けはすっぱりとやめて、代わりにどこか他を当たるということでよろしいですか。

そのひと言が己の心に火を点《つ》けたと言ったなら、梅吉に責をなすりつけたことになろうか。

心の中で裄沢とのやり取りを思い返し、湧き上がってくる怒りをどうにか抑えつけた。金があるわけでもないただの小役人が、日本橋でもそれなりに名の知られるようになった自分にどうしてあそこまでの態度を取れるのか、理解がつかなかった。

いや、鷲巣屋の怒りの大因は、本当は別なところにあったのかもしれない。

裄沢という町方役人は、奉行所内の和に安住することを善《よ》しとせず、己の意に染まぬときはあえて逆らうようなことを平気で行ってきたと聞かされた。そのような者は普通ならば組織の中から弾《はじ》き出されるものだし、実際裄沢は御番所の中で孤立気味だということだ。それでも排除されるまでには至らず、むしろ逆らった相手の多くに苦い思いをさせてきたというのだから、相当な実力を持っていることは確かなはずだ。

しかしそれだけの力量がありながら、裄沢は出世の意味でも隠然と勢力を伸ばすといった意味でも奉行所の中でのし上がろうとはせず、ただそのままに日々を送っているように見えるという。

鷲巣屋はそんな男を、「すでに町奉行所を見限っている」と見たのだった。

――ならば、ともに組んで面白いことができるはず。

鷲巣屋はそう期待して裄沢に近づこうとした。

しかし、結果は惨憺《さんたん》たるものだった。まともに相手にもされぬまま、裄沢はあっさりと去っていった。

――お高くとまって、ずいぶんと生意気な。

反感を覚えて当然のもの言いをされたと思う。しかし、鷲巣屋の怒りの原因は、実際には当人の自覚と違うところにあった。

鷲巣屋は裄沢のことを、世を拗《す》ね勤めに絶望し、己に直接関わること以外はどうでもいいと思って日々を怠惰《たいだ》に過ごす男だと判断していた。そのため、本音《ほんね》を引き出し実際に仲間に引き入れるまではと言葉に気を遣っていたものの、町奉行所にもひと泡吹かせることのできる己の仕事の片腕ともなれるはずと見込んだのだ。

が、今日初めてじっくり話してみたところ、己が想像していたのとは全く違う人物であることが判明した。

「俺は、御番所そのものの有りようが誤っているなどとは考えておらぬ」

このひと言に、まずは衝撃を受けた。

落胆することがあってもそれを是正できないのは自分の力不足で、他に理由を求めるつもりはないなどと、青臭いことを口にする。しかも、それを本気で言っているようなのだ。

奉行所を変えるようなことに手を出さないのは自分にそこまでの力がないと自覚しているからで、鷲巣屋の提案を受け入れても奉行所を超える範囲で変える大きな力がないのであれば徒労に終わるだけだと言われてしまえば、返す言葉がなかった。

——見誤った。

裄沢という町方役人の為人を、である。そして怒りが湧いた。

見誤った己に対するものならば、ごく自然なことだ。しかし、鷲巣屋が覚えた怒りは、別なところへ向けてのものだった。

心中に憤怒《ふんぬ》を覚えた相手は、裄沢広二郎。

——何を青臭いことを口にして。それであたしをやり込めたつもりかい。

言い方はともかく、心に矜持を持ち続け、己の信念を枉《ま》げることなく日々を送る――そんなことを平気で口にするのが赦せなかった。いや、「奉行所を超える範囲で変える大きな力がないのであれば徒労に終わるだけだ」と、こちらの力量まで見下したようなことを抜かされたのだ。

馬鹿にされたとしか言いようがない。そしてその言葉に対し自身が反論できなかったことに、無性に腹が立っていた。

――なら、口にしたその信念がどこまで本当のものなのか、よく見させてもらおうじゃないか。

これは、己を見下した相手へ、そうするだけの力量を持っているかを問い掛ける挑戦である。

それが、本来出さなくてもいいはずの命《めい》を梅吉に下した理由だった。

――まあ、どうせただの町方同心だ。ちょいと騒ぎになるようなことはあっても、知らんぷりしてりゃあ、こっちのやったことに気づくなんてあるわけないさね。

そう軽く考えたように自分に言い訳し、腹立たしい顔合わせになった席から立ち上がった。

第二話　かどわかし

一

その日非番の裄沢は、己の住まいを出て独り深川へと足を向けていた。

霊岸橋川沿《れいがんばしがわ》いの亀島町川岸通《かめじまちょうかわぎしどお》りを北へ向かい、新堀《しんぼり》に突き当たったところで霊岸島《れいがんじま》へと橋を渡る。さらに永久島《えいきゅうじま》へもう一つ橋を渡って、永代橋《えいたいばし》で大川《おおかわ》を越えた。

霊岸島へ渡るところからは、ほんのひと月半ほど前まで勤めていた定町廻りのときによく使っていた道筋でもある。

少し南へ下って相川町《あいかわちょう》と熊井町《くまいちょう》の境を左へ曲ってからは、永代寺《えいたいじ》と富岡八幡宮《とみがおかはちまんぐう》への参道が真っ直ぐ伸びている。そう、本日裄沢が向かっているのはこれらの寺社の境内《けいだい》なのだ。

いつものように、参道には多くの人の姿があった。境内手前の一《いち》ノ鳥居《とりい》のそばには櫓下《やぐらした》など深川でも名の通った岡場所《おかばしょ》があるが、まだ陽《ひ》も中天《ちゅうてん》まではさしかかっていない刻限だから、参道を歩くほとんどの者の目当てはやはり永代寺《おてら》や富岡八幡《おみや》だろう。

とはいえ、参道に詰めかけた皆が熱心に神仏を拝《おが》みに来たというわけではない。

特に江戸のような大きな町の高名な神社や寺は、土地の者には気軽に行ける行楽地であり、遠くからやってきた者には名所見物の目的地となっていた。寺社の境内にはこうした物見遊山《ものみゆさん》の客を相手にする屋台見世《やたいみせ》や見世物小屋《みせものごや》などが数多く建ち並んでいたのである。

深川の永代寺や富岡八幡ともなると、何もない日ですらそこいらの神社の縁日《えんにち》よりよほど賑わっていたし、これが御例祭《ごれいさい》などになったら、身動きが取れないほどの人で参道が埋まった。

幸い今日は特段大きな行事のない日だったから、多くの人が歩いているとはいえ通行に困るほどではない。もっとも、そういう日だからこそ裄沢はわざわざ足を向けたのではあるが。

った。

「えーと、確かこっちだって言ってたな」

境内との境界となる二ノ鳥居から堀に架かる小橋を渡って寺社の敷地に踏み入った裄沢は、左右を見回し独り言を呟《つぶや》いてから左手の永代寺のほうへ足を向けた。

そのまま、参道の左右に並ぶ屋台見世などを眺めつつゆっくりと足を運ぶ。

「あら、裄沢の小父さん」

こんなところで名を呼ばれるはずもなく空耳だろうかと思っていると、また声が掛けられた。

「もう、小父さん。若い娘が呼んであげてるんだから、知らんぷりしないでよね」

裄沢を小父さんと呼ぶ者など限られている。声からしても当人が宣《のたま》うとおり若い娘だろうが、そうなると思い当たるのは一人しかいなかった。

ぐるりと体を回すと、予想通りの娘が立っている。

供をしているらしい四十過ぎの女が、茜の斜め後ろで小さく頭を下げた。確か、茜の家で下女をしている者だったはずだ。

「茜ちゃんか。まさか俺が、こんなところで若いお嬢さんから声を掛けられるなんて思わなかったからね」

茜は裄沢とは気軽に話をしてくれるけれど、それは家のそばでばったり会ったようなときのことである。はきはきとしていて人見知りはしないが、武家の子女としての立ち居振る舞いはきちんとしているような娘なのだ。

だから、こんな人通りの多いところで突然声を掛けてきたことに驚いたのだった。

茜のほうも自分のやったことに今さら気づいたらしく、少し顔を赤くしていた。

裄沢は、知らぬふりをして言葉をつなぐ。

「今日はお参りかい」

「……ええ、ちょっと気晴らしに」

返答に少し間が空いたのが気になり、茜が歩き出したのへ合わせて足を踏み出す。嫌がってはいなさそうだったので、そのまま並んで歩いた。

「そうか。今日は天気もいいしなぁ」

「小父さんもお参りですか」

「いや、俺はちょっと買い物に」

裄沢の答えに茜は目を丸くする。

「永代寺にですか？」

まず、武家が奉公人に任せることなく自分で買い物をするというところからして珍しい。ものにこだわらぬ裄沢は、特にそうであった。

裄沢が茂助や重次に任せずに自分で商家へ足を向けたのは、怪我をした来合の代わりに定町廻りのお役へ就くとなったとき、必要に迫られて刃引《はび》きの（刃を研《と》ぎ出していない）刀を求めたとき以来だ。咎人《とがにん》を「斬り捨てる」のではなく「召し捕る」ことを任務と心得る定町廻りや臨時廻りには、刃引きの刀を差している者が多かったのである。

自分の代わりとして定町廻りをやってくれる裄沢に、来合は自身の刃引きを貸すと申し出たのだが、大きな図体に見合った長大な得物《えもの》を振り回す来合の刃引きを自分が扱えるとは思えなかった裄沢は、断って己に見合った物を購《あがな》ったのだった。

「小父さん、屋台見世に並ぶ古物《こぶつ》とかに興味があるんでしたっけ」

そんな裄沢が寺社の境内で売られる商品を見に来たとなると、思い当たるのは古道具や質流《しちなが》れ品の根付《ねつけ》や陶器、印籠《いんろう》、刀の鍔《つば》といった類のものだ。まあ、屋台見世で並べられるような品は、ほとんどが二束三文《にそくさんもん》の我楽多《がらくた》ばかりなのだが。

そんな趣味を持っていたなんてという顔の茜へ、首を振る。

「いや、轟次郎に具合のいい楊枝《ようじ》（房楊枝《ふさようじ》。当時の歯ブラシ）を売っている見世があると聞いたから、足を向けてみたのさ」

裄沢は楊枝など別にどこの物でもいいと思っていたのだが、来合があまりに絶賛するので一度は使ってみようかという気になって足を向けたのだった。

「轟次郎様――定町廻りの来合様ですか」

「ああ。茜ちゃんは話したことはなかったっけ」

「子供のころに、小父さんと話してるところへ行き遭《いあ》わせたときちょっとだけ――すごく大っきな人で、あのころは怖かったから」

――小さいころは人見知りだったのかと思ってたが。

いつもならば顔を出すとまとわりついてきた幼いころの茜は、来合が裄沢と一緒にいるときだけはすぐに隠れて姿を消した。茜と遊んでやっているときに来合がやってくると、裄沢の後ろに隠れて前に出ようとしなかったことを思い出した。

「無骨《ぶこつ》で無愛想な偏屈男《へんくつおとこ》だからなぁ」

裄沢が貶《けな》すのを聞いて、茜は「まあ」とクスリと笑った。ふと、思い当たったことがあって、問いを口にする。

「来合様の行きつけの楊枝屋って、もしかして美也《みや》様と初めて出会ったってお話の？」

「ああ、そう言《い》やそんなこともあったね。あれも、轟次郎が境内《ここ》の楊枝屋へ来たときの話だった」

上気させた顔で期待の目を向けてくる茜を、横目で見やりながら続ける。

「けど、さすがに十年も前の楊枝屋と同じとこじゃないらしいよ――ありゃあ、来合が定町廻りへお役替えになってすぐぐらいだったかなぁ。気に入りのところが見世を畳《たた》んじまったから、新しく見世を見つけるのにえらい苦労したって言ってたことがあったな」

「けど美也様との出会いの話、小父さんもよく知ってるんでしょう？」

食いついてくる様子に裄沢は苦笑する。

他人の色恋話《いろこいばなし》はどこへ行っても女子《おなご》の好物であるようだと、改めて実感させられた。ことに一度は別れ別れにならざるを得なかった想い人たちの十年越しの恋が実った話ともなれば、それは大いに興味を惹かれるところだろう。

「俺も、当人からはほとんど話を聞いたことがなくって、みんな又聞きだったからなぁ――それに」

「それに？」

「有ること無いことといろいろ広めると、俺が轟次郎に殴られそうだ」

この話はお仕舞いと告げた裄沢に、茜は「えぇー」と落胆の声を上げた。

「茜ちゃんは、とりあえずは参拝かい」

「うーん、決めてなかったけど、そうしようかな」

「じゃあ、参拝までは一緒に行って、そこから小父さんは楊枝屋にしようかな」

「別に、ずっと一緒だっていいんですよ」

茜がずいぶんと思い切ったことを口にする。やっぱりどこか、いつもと様子が違っているようだ。

「せっかく深川まで来たのに、こんな小父さん相手じゃあ逢《あ》い引《び》きにならんだろ」

裄沢の軽口に、茜は二、三歩前に出てくるりと向き直った。

「深川の楊枝屋で、十年前の来合様と美也様の再現なんてどうですか」

「そのためには、まずは茜ちゃんが襲われないといけなくなるよ」

「でも、小父さんが救けてくれるんでしょう？」

「そりゃあ、茜ちゃんを見捨てて俺だけ逃げ出すなんてことはしないさ。けど俺は、轟次郎とは違ってヘナチョコだからね。小父さんがやられそうになったら、茜ちゃんが小父さんを救けてくれよ？」

「もう、小父さん、せっかくのいい話がブチ壊しじゃない。夢がないんだから」

小さく笑う裄沢の隣で、茜は頬を膨らます。

茜の供の下女を含めた三人は、人混みの中境内の参道をのんびりと歩いていった。

それを見送った一人の男がいる。鷲巣屋の主・金右衛門が己の右腕だと語った手代、梅吉である。

本日の梅吉は、広げた胸元から腹に巻いている晒《さらし》が覗く着流し姿で、商家の奉公人というよりはまるで遊び人のような外見をしていた。しかも、その姿が板についている。賑わいを見せる寺社の境内で、誰の注意も引くことなく周囲の人の群れに溶け込んでいた。

梅吉は参道の脇に逸《そ》れて人の波からはずれると、聞く者のいないことをいいことに独りごちる。

「ふーん。ただのお隣さんだと思ったけど、ひょっとしてもっと親しいのかねえ。旦那様に調べろって言われたときゃあ何のこったと思ったけど、案外旦那様の勘も馬鹿にはできねえようだね。でもあの同心、三十はとうに過ぎてんだろ。若い娘好きってえのも、たいがいにしねえとなぁ」

歩いていく人々に遮られて見え隠れする裄沢らを見やりながら考える。

――旦那様はああなっちまうと辛抱が利かねえからなぁ。もう一日《いちんち》、二日で催《さい》促《そく》が来るだろ。そんとき何の段取りもできてねえとなったら、たちまち不機嫌になっちまうだろうしなぁ。

思考しながら足を踏み出し、また人の流れに乗った。裄沢たちはもう見えないが、これから参拝だという話はしっかり聞いているから行く先は判る。たぶんその後別々になるんだろうけど、立ち止まって少しは話をするはずだから、いったん自分が離れても気をつけていればそこでまた見つけられるはずだった。

――どうしようかね。あの娘に手ぇ出すなぁさほど難しくはねえだろうけど、それとあの同心が結びつかなきゃ意味がねえ。

同時に、鷲巣屋が町方に目をつけられるわけにもいかない。たとえ直接の注目は浴びなくとも、大騒ぎになりすぎてしばらくは大人しくしてなきゃならなくなるのだって、できれば避けたかった。

――まぁ大胆なやり方したって、あの同心と娘っ子が大っぴらに口にはできねえような目に遭わせちまえばいいワケだ。

そんなことを考えていると、目の隅にチラリと見知った顔が飛び込んでくる。こんなときに出くわすとは運が向いてるのかねえと、梅吉はちょっとだけ嬉しくなった。

「やるか」

突然発した声に、近くを歩いていた参拝客が驚いて目を向けてくる。

梅吉は気にすることもなく、今《いま》し方《がた》見つけた男に声を掛けるべく人の流れを横切り始めた。

二

永代寺での参拝を終え裄沢と別れた茜は、特段目的もなく人波の中を歩いていた。今朝は父親と言い合いになって、気がくさくさしたから家を飛び出したのだ。

最近突然、父は茜に嫁に行く話を持ち出してくるようになった。そりゃあ茜だって次の正月を迎えれば十八だから、そろそろそんなことを考えなきゃいけない歳だってことも判っている。

でも今までは、母親がそんな話をしようとしたって、ほんのちょっと匂わせただけで急に話を変えたりその場からいなくなったりしたのは父親のほうだ。母が若手で独り身の与力同心のことを話題にしただけで、不機嫌になるような人だった。

それが、何があったのかは知らないけれど、このごろ茜の顔を見るたびにそうした話を口にするようになった。しかも、「そろそろお前にもそういう話が」なんて言ってくるけれど、「どこの誰と」なんてことまでは切り出さない。

――じゃあ、どうしろっていうのよ。

娘としてはそう言いたい。

昔から、「茜を嫁に」という話がいろいろなところから来ているということは、何となく知っていた。同じような年ごろの友達から聞いた噂も一つや二つではないし、母が誰かとそれらしいやり取りをしているのを通りがかりに耳にしたこともある。

けれど、そうした話が本当のことになって茜のところまで届くことはいっさいなかった。人の話や父親の態度からすると、どうやら「まだ早い」と言って父親がみんな断っていたようだ。

いろいろなところから話が来るから、そのうち「もっと条件のよいところを」と高望みをしているうちに今に至ってしまったという心ない噂も流れているらしい。

ともかく、この秋を迎えるまでは、茜へ「そろそろ嫁に」などという話を父は一度もしてはこなかった。

だからといって、「好きな人ができたら言いなさい」なんて娘に任せるような両親ではないと、はっきり断言できる。そういうところの考え方は実際の身分以上に武家らしいのが我が家《うち》の父親だ。

絶対に、「婚姻は家と家とのつながりで結ばれるべきもの」だという考えでいるに違いない。もし茜が「好きな人ができた」なんて言おうものなら、「ふしだらだ」「娘を誑《たぶら》かす放埒者《ほうらつもの》はどこのどいつだ」などと真っ赤になって怒り、怒鳴り散らす姿がはっきり目に浮かんでくる。

それが、いったい何があったのか、急に言うことがコロリと変わってしまった。応対するこっちの身にもなってほしい。

ついに我慢ができなくなって、朝出掛ける前にまたおんなしようなことを言い出した父に、そんな不満をぶつけてみた。

「そんなことを言ってると行き遅れになるぞ」

父から返ってきた思いも掛けぬ言葉に唖然《あぜん》となった。ついで、怒りが込み上げてくる。

――なんて言い草！

気にしないようにしてはいたけれど、歳のことは自分だって判っていないわけではない。それを、全く気遣いなしに口にするなんて。

そりゃあ両親が何も言ってこないのをいいことに、そうしたことを深く考えてこなかったのは事実だけれど、父が今まであんなふうだったのに、茜に何ができたというのか。いくら何でも勝手すぎるんじゃないの！

茜は「ひどい」と父に言い放って目の前から自分の部屋へ駆け去った。今日は、出仕《しゅっし》の見送りにも出ずに引き籠もったままでいた。

そうして、家にいても怒りがぶり返すだけだから、気晴らしに表へ出たのだった。

とはいえ、外へ出ても行きたいところはない。親しい友達はほとんどみんな嫁に行っているか、そうでなくとも縁談が決まっているので、こんな気持ちで会いに行きたくはない。

まだそうした話がない友達は歳下ばかりで、顔を見ただけで羨ましくなってしまうかもしれない。

たった一人、自分と同じ境遇だとはっきり言える人が思い当たるが、同病相憐《どうびょうあいあわ》れんでも惨《みじ》めな気持ちになるだけだ。というか、こんなことを伝えてその相手にまで茜と同じ気持ちになってもらいたいわけではない。

要するに、今の心のモヤモヤを判ってもらえる相手が茜にはいないのだった。

友達以外の知ってる人とは顔も合わせたくないのに、八丁堀の中でウロウロしていたのでは誰と出くわすことになるかも判らない。だから、さっさと家の近所から離れることにした。

けれど、紅《べに》や簪《かんざし》などを見にいって気に入った物があれば買う、という気にもならない。今の気分じゃ目の玉の飛び出るような品をいくつも買ってパアッと散財でもしない限りは気晴らしにならないけれど、ただの町方役人の娘ではそんなお小遣いをもらっているはずもない。

そんなあれこれを考えるともなくそぞろ歩いているうちに、足は、ただ周囲を見るともなくゆっくり動いてさえいれば奇異の目で見られないはずの、深川・永代寺のほうへ向いていた。

そうしてやってきたはいいけれど、何をしようという考えもない。憂《う》さ晴《ば》らしで出てきたはずなのにやるべきことが見つからなくて、ただ足を動かしているだけだと、このごろの父親とのやり取りをつい頭に浮かべてしまう。

──こんなんじゃ駄目だ。

気持ちを切り替えようと大きく息を吐いて視線を足下から前方へと上げたとき、思わぬ人物の姿が目に入った。

「あら、裄沢の小父さん？」

普段人の多いところでこんなことはやらないのに、思わず声を掛けていた。

裄沢は気づかぬ様子でそのまま足を進めていく。

「もう、小父さん。若い娘が呼んであげてるんだから、知らんぷりしないでよね」

小走りに駆け寄って、そんな馴れ馴れしい口の利き方までしてしまった。

裄沢の小父さんは茜が小さいころ、よく遊んでもらった相手だった。成長するにつれて話す機会は減っていったが、それでも顔を見れば気さくに話をする間柄であり続けた。

話すようになったきっかけが何だったかは憶えていない。物心ついたときには裄沢の小父さんはもう町奉行所でのお勤めに出ていたから、優しいお兄ちゃんというよりは親戚の叔父《おじ》さんに近い感覚だったと思う。

茜は当初から裄沢のことを「小父さん」と呼んでいたような気がするが、思えばそのころの裄沢は今の自分よりちょっと上ぐらいだったはずで、当人には言えずにいるが今さらながら申し訳ないという気持ちは持っている。

お隣さんだし茜が生まれる前からのご近所付き合いが他の家ともあったから気にしたことはなかったが、大きくなるにつれ茜が裄沢の小父さんに懐《なつ》くのを父親がよく思っていないことが何となく判ってきた。それでも茜は、半分両親に隠れるようにして小父さんとのささやかな交流を続けた。

今日は父に対して反発を覚えていたからこそ、その父があまりいい顔をしない裄沢へ、人目など気にすることもなく大胆に近づこうとしたのかもしれなかった。

　裄沢の小父さんは、出先で偶然出会った茜に驚きつつも、いつもと変わらぬ応対をしてくれた。いつもと同じ、どこか空惚《そらとぼ》けた言い方をしてくる。

　ときに子供扱いされる感じがして軽い反発を覚えたりすることもあるのだが、今日はそのお気軽さが耳に快《こころよ》かった。

　裄沢の小父さんが楊枝を買いに来たということから思い出して、来合様と美也様の話を持ち出してみた。一度破談になったのに互いにずっと想い続けて十年越しの恋を実らせる——女として、憧《あこが》れないわけがない。

　八丁堀に住まう町方の内儀《ないぎ》や娘から下女に至るまで、皆がこの話題で持ちきりとなった。もちろん、茜だってその話で友達とずいぶん盛り上がったものだ。

　小父さんが来合様と一緒にいるところは昔からよく見ているし、一番親しい友達だってことも耳にしているから、来合様たちが結ばれるまでの経緯も詳しいに違いない。それを聞き出すことができずに上手く誤魔化されてしまったのは、返す返すも惜《お》しいことをした。

　それでも、小父さんと話している間は楽しかった。朝のくさくさした気分を忘れることができていたからだろう。

ただ、小父さんにだって用事はあるだろうし、いつまでも引っ付いて歩くというわけにもいかない。第一、裄沢の小父さんはそんなことをさらさら考えていないようだし。

お寺でのお参りだけは一緒にやって、そこで別れることにした。

——あーあ、これからどうしよ。

また、裄沢と会う前のやることのない状態に戻ってしまった。

それでも茜は、いくらか気持ちが上向いただけでもよしとするか、と気分を整え直した。

永代寺から富岡八幡のほうへ、雑踏の流れに身を委《ゆだ》ねて歩く。左右の屋台見世を見るともなく眺めてはいるが、並べられた商品に気を惹かれることはなく——というか、目をやっているだけでほとんど関心を向けることなくただ足を進めていた。

このまま行くと、すぐに八幡様に着いてしまう。

——こっちもお参りだけはしていこうかしら。

漠然《ばくぜん》と、そんなふうに考えた。

「お嬢様」

知らない男が声を掛けてきた。茜は内心顔を蹙《しか》めたし、供の下女は警戒も露《あら》わに茜と男の間に立つ。

声を掛けてきた男に女を引っ掛けようというような様子はなく、町中でこのようなことをして申し訳ないという態度を示していた。着流し姿だが着物も髪もきっちり整えていて、真っ当な人物に見える。

着崩した遊び人の風体が、ちょいと着物と髪を整え直しただけで別人のように変わっていたのだ。

「このようなところで、何かご用にございますか」

供の下女が、男へ厳しい声を発する。

「不躾なことを致しまして申し訳ございません。畏れ入りますが、お嬢様は関谷《せきや》様のところの茜様でお間違いございませんでしょうか――手前は、先ほどまでお嬢様がご一緒だった裄沢様からご用を申しつかった者にございます」

その言葉を聞いて、茜の警戒が一気に緩む。

茜は前に出た下女の脇へ身を乗り出して問うた。

「小父さんが、何て？」

反射的にお嬢様を制止しようとした下女だったが、やり取りが始まってしまったので口を出さずに様子を見ることにした。

男は、生真面目《きまじめ》な口調で口上を述べる。

「はい。先ほどは愛想《あいそ》なく別れてしまったが、もし茜様がよければ茶でも馳走しようと。来合様のお話に興味がお有りなら、茶飲み話に進呈してもよいと言っておられました」

「まあ、小父さんが」

目を輝かせる茜を横に、警戒を解かぬ下女が男へ声を発する。

「その裄沢様は今どちらに」

「はい。ゆっくりできるようにまずは楊枝を買ってしまうから、茜様をご案内しておくようにと」

「見たこともないお人だけれど、よくこの方が関谷家のお嬢様だと判りましたね」

「裄沢様からお嬢様のご様子を伺いましたし、口幅《くちはば》ったいことを申せば、かほどにお綺麗なお方を見間違えることはございません」

男は詰まることなくスラスラと返答を口にする。

茜のほうは、自分と裄沢のやり取りを知る男の話をすっかり信じ込んでしまっていた。

「で、どこのお茶屋さん？」

「はい、こちらにございます。ご案内致しますのでどうぞ」

そう茜を促すと、男は先に立って歩き出した。

茜は素直に男の後に続く。

「お嬢様」

「大丈夫。裄沢の小父さんのことをよく知ってる人のようだし、問題ないわ」

下女が注意を促したものの、茜が聞き入れることはなかった。

男は、己の背後でなされているやり取りなど全く気づかぬふうに足を進めていく。中央の参道から一本裏の通りへ入って進み、さらに角を曲がろうとした。

「待ちなさい。どこまでお行きなされます」

下女の厳しい声に、ポカンとした顔で振り返る。

「いえ、このすぐ先でございますので」

「こんなところに茶屋があると？」

「あまり、他人様《ひとさま》に知られていないところにございますからな。その分だけ、周りに気兼ねすることなく存分にお話しできるところにございますよ。裄沢様も、定町廻りをやっておられたときに見つけたとおっしゃってました」

「でも……」

下女は男の言葉を信じてよいのか躊躇《ためら》いを覚える。

茜のほうは、裄沢について詳しい話をする男をすっかり信用していた。

「何してるの。行くわよ」

「お嬢様！」

制止をされたが、ここで愚図《ぐず》って「それでは無しに」などということになっては、せっかくの来合様の話を聞き逃してしまう。

茜が、下女の前に回って建物の角へと足を進めた。やむを得ず、下女もその背に従う。

「うっ……」

下女が茜に続いて角を曲がろうとしたところで、先の方から微かな呻《うめ》き声が聞こえたような気がした。

——お嬢様？

角を曲がりきって目に入ったのは、ぐったりした茜とその体を支える見知らぬ男の姿だった。

一瞬呆気に取られて絶句した下女の腕を、ここまで案内してきた男が強引に引っ張り込む。

「お嬢さんに傷をつけたくなきゃあ、静かにしな」

そう言って、手にした抜き身《ぬみ》の匕首《あいくち》を下女の目の前に突き出した。

茜たちが曲がった角のところにはまた別な男が二人道を塞《ふさ》ぐように立って、奥で何が起こっているのか気づかれぬように通行人の視界を遮っている。

――案外、簡単にいったねぇ。

茜たちを騙《だま》してここまで連れ込んだ男――鷲巣屋の手代梅吉は、思った以上の上首尾《じようしゆび》にニヤリと笑った。

三

目的の屋台見世を見つけて楊枝を購った裄沢は、店主に礼を述べて見世から離れ、ふと立ち止まった。これからどうしようかと思ったのは、お参りした後も一緒に居たそうだった茜を突き放したことに、いくばくかの罪悪感が疼《うず》いていたからかもしれない。

そのときは「若い娘が俺みたいな小父さんと一緒に居たがるなんてあり得ない」と、ただお愛想を言われているだけだと判断した。だからその場で別れることにしたのだが、よくよく思い返してみると、今日の茜はどこか様子がおかしかったように感じたのも確かだ。

惚《ほ》れられているなどと自信過剰なことは考えもしないけれど、何か言いたいことがあったのかもしれないという気がしていた。そこまではなくとも、裄沢とあの後も話を続けることで、心の中に溜まった憂さを少しでも晴らしてやることができたかもしれない。

──では、どうする。

そうは思ってみても、茜と別れてそれなりにときは経っている。これからどこへ行くという話も聞いていないから、向かった先の見当もつかない。

さらにこの人混みでは、今から探し回ったところで見つけるのは難しいだろう。なにしろ、まだこの境内に残っているとも限らないのだ。

──今度会ったときに、話をしながら様子を見ればいいか。

隣の組屋敷に住む娘なのだ、そう間を置くことなくまた家の前の道で出くわすこともあるだろう。そのときちんと気を配りながら話をすれば、茜がどんな屈《くっ》託《たく》を抱えているのか、あるいは裄沢にいくらかでもそれを解消してやる手立てがあるのか判るかもしれない。

そう判断して、当初の予定どおり家に帰ることにした。

ならば、こんなところでぼうっと突っ立っていることはない。さっさと移動を始めた。

「裄沢様……」

呼び掛ける声が微《かす》かに聞こえた。

ずいぶんと小さな声だったが、気づいてすぐに反応したのは、そこに含まれる切迫した感情を聞き取ったからかもしれない。

足を止めて呼ばれたほうを見やれば、女が一人蒼白《そうはく》な顔をして立っていた。見間違いでなければ、茜の供をしていた下女のはずだ。

――独りか？　茜はどうした。

そう言葉にしようとして開き掛けた口を結ぶ。下女のそばに、やくざ者ふうの見慣れぬ男がニヤけた顔で立っているのに気づいたからだ。

裄沢の体を緊張が走る。下女の様子とやくざ者らしき男の登場で、何が起きたかは説明されずともおおよそ見当がついた。

裄沢は口を閉ざしたまま、足早に下女へと近づいた。

「お、お救けください……」

下女は、血の気を失った唇を震わせながらどうにか言葉を発した。

裄沢は無言のまま、視線をやくざ者ふうの男へと移した。こんなことをされていながら、全く見憶えのない顔である。

裄沢を見返して笑みを消した男は、相手を値踏みするような目になってから、ひと言だけ言った。

「来てもらおうかい」

「茜は」

男を無視し、下女に向かって訊いた。

下女は何ごとか口にしようとし、言葉にならぬまま噤《つぐ》んでしまう。

ほんの一瞬だけ思考を巡らせた裄沢は、下女に向かって命ずる。

「お前は家に帰って、静かにしていなさい」

裄沢の勝手な言い分に、男が「おい」と警告を発する。

男に向き直った裄沢が言い返した。

「どう脅しつけたかは知らぬが、この者を見てみよ。いつ倒れてしまうか判らぬ様子だぞ。連れて歩いている途中で蹲《うずくま》られでもして騒ぎになってもよいなら、俺は伴っても構わぬが」

男はそれまで気にもしていなかった下女を改めて見やり、小さく舌打ちした。

「なら、しょうがねえ。お前さんだけ来てもらおうか」

裄沢は、一度下女を見やって力強く頷いてみせた。

「後は俺に任せるがよい。そなたはまず、無事に組屋敷へ帰り着くことだけ考えよ」

組屋敷という言葉を聞いてか、男がわずかに眉を顰めたのが目の隅に映ったような気がした。

下女を一人にするのは心配である。この様子では無事に家まで辿り着けるかという不安もあるが、裄沢の目が届かなくなったところでまたこの男の仲間が身柄を押さえんとすることだってあり得よう。

しかし、一緒に連れていくことはできなかった。もともと腕《うで》っ節《ぷし》に自信があるわけではなし、茜と下女の二人を庇《かば》いながら立ち回りをするなど絶対に避けるべきなのだ。

茜とこの下女のどちらを優先するかとなれば、申し訳ないが茜のほうを選ばざるを得なかった。

そしてもう一つ。ずっと相手の意のままになっていたのでは好ましい展開になるとは思えないからにはどこかで賭けに出るしかないのだが、そのためには下女にその場にいられては不都合なのだ。

「行こうか」

裄沢から男に声を掛けた。縋《すが》るような目を向けられていることに気づいてはいたが、もう下女のほうへは見向きもしなかった。

じっと裄沢を観察していた男は、行く先を示すようにわずかに顎《あご》を振ってから歩き出した。動く前に「もし騒いだら大事なお嬢さんがどうなるか判ってるよな」と下女に釘を刺すことを忘れない。

裄沢も、まずは黙って男の後に従った。

裄沢がやくざ者ふうの男に従って歩いていくのを、梅吉は遠くからじっと見ていた。

──まずは、上手くいきそうだねえ。

茜を当て落とした男を含め、本日手伝わせたこの連中と知り合ったのは、ちょっとした偶然だった。鷲巣屋の使いで深川まで出向いたところで、大人しそうなただの手代だと見誤った連中に因縁《いんねん》をつけられたのだ。

脅しつけようと人目のないところへ引きずり込もうとする連中に素直についていった梅吉は、周囲に人がいなくなったところで江戸へ出てからの仮初《かりそ》めの姿を脱ぎ捨て本性を露わにした。

何人も人を手に掛けたことのある梅吉にとって、こんな男どもの相手をするのは造作《ぞうさ》もないことだ。

二人ほど伸《の》したところで、豹変《ひょうへん》した梅吉の圧倒的な強さに怖れをなした男どもは逃げ出した。だが、足下にはまだ起き上がれずに呻いている者が残されている。

手懐けることにしたのはほんの気紛《きまぐ》れだったが、こたび絶好の機会に上手く経《へ》巡《めぐ》り合えたので、あのときの己はいい仕事をしたと自分を褒《ほ》めたい気分だった。

何より、こっちは連中のことを知っているが向こうに素性を明かしていないことから、連中が捕らえられるような事態になってもこっちまで追及の手が伸びてこないのがいい。

――じゃあ、この後は野郎どもにお任せしますかね。

娘を人質に取られたあの町方役人が、言を左右にして逃げ出さなかったのは大したものだが、そのためさらなる窮地《きゅうち》に自ら足を踏み入れることになった。

まあ、もしこの面倒ごとを避けて逃げ出してたとしても、別な厄介ごとを抱えることになっていただろうが。なにせ娘が囚《とら》われたのは娘自身の浅はかさのせいだとしても、そうなったについて裄沢が大きく関わっていることはお供の女によって周囲に知れ渡るのだから。

この後どう始末がつくかまで見ているつもりはない。裄沢が愚弄《ぐろう》され小突き回されようが、それに耐えられずに抵抗しようとして怪我を負わされようが、どちらでも構いはしないのだ。

要は、鷲巣屋の旦那様の要望通りに「少々手荒く扱って、慌てさせて」やればいいだけなのだ。それにいずれにせよ、こうした目に遭えばあの町方が少なくとも気持ちの上で痛手を蒙《こうむ》ることは間違いないはずだった。

――それに、たとえあの町方が何とか怪我なく逃げ出せたとしても、娘のほうは無事では済まないでしょうからね。

まあ、そのままどこかへ売られてしまうところまでいくかは判らないけれど、あの町方が傷一つ無い状態で救け出せるとは思えなかった。

――まあ、どうでもいいか。やることはやったし。

梅吉は、これ以上のことを命ぜられてはいない。何より、仕方なく己が手を下したことに不快を覚えていたし、上手くいったからとて達成感のようなものもない以上、さらなる徒労を積み重ねるつもりにもなれなかった。

命ぜられたことには素直に従ったが、この行為に何の意味があるとも思えない。見世からはずれれば鷲巣屋の主に頭を下げる必要のない立場となる梅吉は、くだらないことに付き合わされるのにうんざりしていたのだ。

だから、最後までしっかり見届けようなどという気は起きない。むしろ今後も推移を見守らんと張り付いて、万が一にも自分の存在をあの町方に勘づかれるようなことがあってはならなかった。

梅吉はくるりと背を向けた。その後どうなったか旦那様には訊かれるだろうが、できることならこたびの仕事の顚末《てんまつ》は知りたくなかった。

四

「どこへ向かっている」

先を行く男の背に、裄沢は問うた。

「黙ってついてきな」

剣呑《けんのん》そうな顔でチラリと後ろを振り返り、前に向き直ってから男が返してくる。

裄沢は構わずに問いを重ねた。

「そなたらが捕らえた娘のところへ案内《あない》しているのだろうな」

「口を閉じてろってのが判らねえか。あの娘がどうなっても知らねえぞ」

そうか、と言って裄沢は足を止めた。

「！　手前《てめえ》、何立ち止まってやがる」

わずかに遅れて裄沢と己の距離が開いたことに気づいた男が、慌てて振り返った。

「お前《めえ》、娘がどうなってもいいのか」

脅しつけてくる男へ、裄沢は応えずにさらに問う。

「そなたらは、ここいらの地回りであるな」

「そんなこたぁ、どうだっていいだろ」

「いや、大事なことだ。後々そなたらを捕らえ、その罪を裁くためにな」

裄沢の言を、男は鼻で嗤《わら》った。

「ケッ、お前なんぞに捕まるようなドジを踏むもんかい——それにお前さん、俺らが捕まるまでに、あの娘がどれだけ酷《ひで》え目に遭うことんなるか、判った上でそんなことを口にしてんのかねえ」

「ああ。いずれにせよすぐに救けださねば、あの娘はいずれ自ら命を絶つことになるからな」

下女を伴っていたなら、芝居であろうと口にはできなかった科白《せりふ》だ。

裄沢の断言に、男の顔から初めて余裕が消えた。

「何言ってやがる……」

上手くいけばみんなで楽しんだ後で女郎に売り飛ばすぐらいのことは期待していたが、よほど追い詰められでもしない限り、殺してしまうところまでは考えてもいなかったのだ。

「俺が誰か、お前は判っておるのか」

裄沢はまた不意に別なことを口にした。

「へっ、そんな身なりでどこのお偉方だって言いてえんだ？」

やはり気づかぬままこんな大それたことをしでかしたかと、裄沢はいくぶんか安堵する。下女一人を伴って初めて姿を見せたときの様子から、大した考えも度胸もない半端者《はんぱもの》ではないかと見定めていたのだった。

——ならば、やりようはある。

一人で帰すのが心配な下女を突き放してまでやろうとしたことを、これから実行に移そうと肚を据えた。

裄沢は、前に立つ男に堂々と名乗りを上げた。

「俺は北町奉行所同心、裄沢広二郎だ」

「えっ、町方？……まさか」

疑いの目を向けてくるが、表情は固くなっている。

「本日は非番ゆえこのような格好をしておるが、つい先日までは怪我をした来合轟次郎の代理で定町廻りとしてここら辺りも日々巡回しておった——そなた本当に、この顔に見憶えはないか」

問《と》い質《ただ》されて裄沢の顔をまじまじと見つめる男が、次第に青ざめていく。それでも、何とか気を奮《ふる》い立《た》たせて言い返してきた。

「……もしそうだったとしても、どうだってんだ。こっちゃあ、娘っ子一人押さえてんだぜ」

唯一にして最大の決め手を振りかざしてみせたが、裄沢は全く動揺しなかった。

「だから、大事にならぬうちに俺をその場へ連れていけと言っている」

「何言ってやがる」

「よいか、あれは俺と同じ町方役人の娘、武家の娘ぞ」

「だから、何だってんでぇ」

「もし家へ連れ戻すまでにときが掛かれば、たとえ体に傷一つなく無事に帰したとしても、あの娘は死ぬことになろう。このまま親元へ帰らぬこととなったときと、そなたらへの追及は全く変わらぬほどに厳しいものとなる」

「そんなはずは――」

「そこいらの水茶屋の小女ではないのだぞ。長い間他人の手に委《ゆだ》ねられたままになっていた娘が、汚されることなく純潔を保っていたと言ってもどれだけ信じてもらえる? そして、あれは武家の娘だ。さような恥辱を与えられて、おめおめと生き存《いなが》えることを選ぶはずがない。さほどの日も経たぬうちに、自ら命を絶つことになろうな。

そして娘をそのような目に遭わせたのは間違いなくそなたらだ。我ら町方は、江戸の町の平穏を守るのが役目――その町方の仲間の娘が非道にも手を出されたとなれば、皆が目の色を変えてそなたらを追うことになる。たとえどこへ身を隠そうと、あるいはこの江戸から逃げ出そうと、追い詰めて捕らえるまで手を緩めることはない。何せそなたらを逃してしまえば、これより先も自分らの女房子供を狙うような輩《やから》が出続けかねぬことになるのだからな」

「そんな……」

「そなた程度の三下奴《さんしたやつこ》が、相手が誰かに気づいていなかったにせよ、堂々とこれだけの悪さをする――それができるとなれば、それはここいらが、そなたらの親分が取り仕切る縄張《なわば》り内だからであろう。ならば、そなたの素性はもう明らかになったも同然。偶々《たまたま》今日はお参りに来ていた近所の住人にも、屋台見世を開いている小商いの中にも、そなたの顔を知っておるという者はいくらもおろうからの。

俺の言うことを信ぜずに逃げてみるか？　俺はただ、逃げるそなたの背中へ向かって大声を上げればよいだけだ。後でお上のお調べだと声を掛けて回れば、あれはどこの誰だと、教えてくれる者がいくらでも出てこようからな」

畳みかけるように突きつけられる言葉の刃《やいば》へ、男は口を開くこともできずに立ち尽くす。

「必ず追い詰められ、捕らえられて首を刎《は》ねられることになるのは、そなたばかりではないぞ。そなたの親分はもとより、その親分に従う子分どもはみんな似たような目に遭うことになろうな。

こたびの悪さにそなたの親分までが関わっているかは知らぬが、そなたやそなたの仲間がつまらぬことを企《たくら》んだせいで、多くの者が命を落とすことになろう――慈悲はないぞ。先ほども言うたとおり、下手に手を緩めればこれからも町方の身内に手を出そうとするような考えなしの大馬鹿者がまた出ることになりかねぬからな。

そして女房子供を狙われたからには、そなたらの親兄弟とて無事に済ませる謂《い》われはない。こっちがやられたのだ、どんな嫌がらせでも、江戸の中で住めぬようにすることでも、躊躇いなく手を下す。それが、これから無用な手出しをさせぬための一番の見せしめになるのだからな」

裄沢は、ぐっと胸を突き出して言い放った。

「さあ、どうする。このまま罪を犯し続けて親分や仲間ともども刑場の露《つゆ》と消えるか。それとも、今からでも悔い改めてお上のお慈悲を願うか——もしそなた自身だけでなく皆の命を救いたいならば、悪いことは言わぬ、今ならまだ間に合う。攫《さら》った娘のところへただちに俺を連れていけ」

裄沢は、自分を伴おうとした男をじっと見据えた。視線を彷徨《さまよ》わせそうになる男から、決して目をはずさず、相手にも目を逸らすことを許さなかった。

賭けに出た上は、弱気にはなれない。まさにここが正念場なのだ。

「そんなこと言われたって……」

どうしていいのか判らなくなった相手へ畳みかける。

「どうやらそなたらは、自分が誰を攫って誰に脅しを掛けようとしたのか知らなかったように見える。ならば、手を緩めてやる手立てはある。ただし、これより俺の言うことを素直に聞くのであればだがな——己らのやらかしたことで娘の命を奪うつもりまではなかったというのならば、もはや猶予《ゆうよ》はないぞ。どうするか、今ここでそなたが決めねばならぬ。親分や仲間の命、親兄弟の行く末の全てがそなたに掛かっていることを踏まえて、どうするかをさあ、ただちに決めよ」

「……お前さん――いや、旦那を連れていきゃあ、ホントにおいらたちを救けてくださるんで？」

浴びせかけられた厳しい言葉の連続に、すでに心は折れているようだった。

しかし、甘いことは言わない。疑われかねない態度を見せれば、たちまち引っ繰り返ってしまうかもしれないのだ。

「さすがにここまでのことをやったのを、何もなかったことにはできぬ。しかし、手心は加えてやれる。そなたらの首がつながっているというだけでなく、従ってよかったと思えるほどにはな」

「信じていいんですね」

「それより他に、そなたらに打つ手はあるのか。武士の矜持に懸けて、今言ったことは約束する」

裄沢がはっきりと断言したことで、男も踏ん切りを付けたようだった。

「じゃあ、改めてご案内させていただきやす」

これまでとは違った態度で、男は裄沢の先導を始めた。

その背中を見ながら、どうにかギリギリ賭けに勝てたようだと裄沢はそっと息を吐きだした。

五

茜が裄沢の前に初めて一人で姿を現したのは、裄沢が妻子と母を思わぬ形で亡くし天涯孤独の身となって何年か過ぎてからのことだった。

己の境遇や勤め先の面々の理不尽《りふじん》さに腹を立て続け、非番の日でも外に出る気力も湧かず鬱々《うつうつ》としていた裄沢は、庭にひょっこりと現れた四歳ほどの幼女《おさなご》が自分をじっと見つめているのにふと気がついた。

「そなたは……」

夢でも見ているのか、あるいは本来人の目に見えぬモノが自分の前に現れたのかと、裄沢は現実《うつつ》のこととは思えぬままに呟いた。

「お姉ちゃんは？」

幼女は、裄沢にひと言そう問うた。

「お姉ちゃん？」

無言でじっとこちらを見つめたまま、コクリと頷く。

ようやく、裄沢の頭が回り出した。そうではあるまいと思いながら問い返してみる。

「尋緒《ひろお》のことか？」

問われた幼女は首を傾《かし》げる。

「この家のお姉ちゃんかい？」

今度ははっきりと頷いた。

――まさか、尋緒と？

尋緒は裄沢の妻だった女の名である。裄沢家に嫁《とつ》いでくる前から市井《しせい》の男と通じ、生まれて間もない娘を連れてその男と欠落《かけおち》した悪女――少なくともこのときは、裄沢はそう確信していた。

しかし、尋緒が姿を消してからもう何年も経っている。こんな幼い子なら、まだ生まれてもいなかったかもしれないほど前の話だ。

――けど、そんなことを訊いても答えられはすまい。

ならば、答えられる範囲でまずはこの子の疑問に答えてやろうという気になった。ただの気紛れであったかもしれないが、己の憤懣《ふんまん》をこんな幼い子にぶつけるのは筋が違うと自制するほどの良心の呵責《かしやく》は、どうにかまだ持ち続けていられたようだ。

「尋緒は今、旅に出ている」

「旅？」

「ああ、遠いところだ」

「いつ帰ってくるの？」

「はてな。すごく遠いところだから、いつ帰れるのかまだ判らないな」

「……赤ちゃんは」

その無邪気な問いに、妻のことを訊かれたときには感じなかった鈍《にぶ》い痛みが心に突き刺さる。数年の歳月を経て、鋭さをなくした痛みだった。

返事をする声からは、その痛みは聞き取れないはずだ。

「赤ちゃんは、尋緒と一緒だ」

赤子を抱え男と連れ立って西へ逃れようとした尋緒は、雨で渡し船が早く終わった川を小舟を奪って無理に渡ろうとした際、男と揉めてもろともに水底《みなそこ》へ沈んだ。

心中《しんじゆう》とも受け取れそうな結末だったが、裄沢にとって実に不本意なことに、娘も巻き添えで喪《うしな》われてしまった。

――この子は……。

最初に妻のことを問い掛けられたときに、感情をぶつけることなく穏やかに話ができたのは、目の前に現れた幼女が己の娘の育った姿ではないかという有り得ざる想いが心のどこかにあったからかもしれない。

しかし、話してみて現実の存在だとはっきりしたからには、どうして独りでこんなところにいるのかと疑問に思わざるを得なくなった。今でも近隣のことなどどうでもよいと気にも掛けずにいるが、忙しさにかまけていたころの家の周りのことをどうにか思い出してみる。

――そう言えば、娘の亜衣《あい》が生まれた前後あたりで、隣の関谷家でも娘が生まれたとか言っていたか。名前は確か……。

「お嬢ちゃんは、もしかして茜ちゃんかな」

裄沢に問われた幼女は、コクンと頷いた。

「尋緒が旅に出たのは、茜ちゃんが生まれてすぐぐらいのことだったと思うけど、茜ちゃんはなんで尋緒のことを知っているのかな？」

「お母さんに聞いた」

「茜ちゃんのお母さんに」

「茜が生まれたばかりのとき、とっても可愛がってくれたって」

「……それで、お姉ちゃんに会いたくなったのか」

茜はコクンと頷いて続ける。

「そのとき、お姉ちゃんも自分の赤ちゃんを抱いてたって」

裄沢より二歳年上だった尋緒は、早めの元服《げんぷく》を済ませたばかりの裄沢を引っ張る——というより、夫のことを気にもせず自分の好きな方へ向かっていくような女に見えていた。ただそれも祝言を挙げてしばらくするまでのことで、その後は二人の間で夫婦らしき会話はどんどんなくなっていったように記憶している。

隣家の女房が幼い娘に懐かしんで話をするほどに、尋緒が誰かを可愛がっていたと聞かされてもすぐには信じられなかった。

しかし、これほどに幼い児《こ》が言っているとなれば、親からは繰り返し聞かされている話なのかもしれない。

残念そうな顔をしている茜を見ると、あるいは尋緒の子も順調に育っていれば自分より大きくなっているはずということに思い至らず、「お姉ちゃんの赤ちゃん」を見たかったのだろうか。

裄沢は、茜に優しく問い掛ける。

「茜ちゃんがここに来てることを、お母さんは知ってるのかな」

茜は首を傾げた。

「お母さん、茜ちゃんが見えなくなって、心配してるかもしれないよ」

指摘を受けて、裄沢をじっと見上げてきた。

「おうちまで送っていこうか」

そう言いながら、裄沢は縁側から庭へ下りる。沓脱石《くつぬぎいし》に乗せていた下駄《げた》の鼻緒《はなお》に爪先を引っ掛けた。

近づいていって手を差し出すと、素直に握ってくる。

その小さくて柔らかな感触に、裄沢は先ほど感じたよりもずっと深い痛みを覚えた。

態度に出すことなく、茜とともに歩き出す。

「今度からは、お母さんに訊いて『いいよ』って言われない限り、勝手に家の外に出ちゃダメだよ」

優しく諭《さと》すと、茜は前を向いたまま真剣な表情でコクンと一つ頷いた。

裄沢は隣家に声を掛けるつもりだったが、茜は家の敷地の前まで来ると、裄沢の手を放して走り去ってしまった。

しばらく隣家の前で耳を澄ませていたが、誰かが出てくる様子もないので裄沢はそのまま身を翻《ひるがえ》した。幼い茜には気を許すことができても、同じ奉行所に勤める者やその家族とは、できれば休みの日まで顔を合わせたくなかったのだ。

その後も、茜はときどき裄沢が家にいると訪ねてくるようになった。忘れてしまうのか、あるいは言うことを聞かないでのことか、いつも親には黙ってやってくるようだ。

そのうちに「お姉ちゃんや赤ちゃんは帰ってきたか？」と問うてくることはなくなったが、今度は裄沢相手にお喋《しゃべ》りをするのが楽しくなってきたらしかった。なぜか裄沢も、孤高《ここう》を頑《かたく》なに堅持《けんじ》するごとき日ごろの態度を、忘れたかのような笑顔で茜の相手をしている。

茜が口にするのは、幼女らしい他愛《たあい》のない話ばかりだ。

それが裄沢には快くて仕方がない。おままごとの相手を含め、丁寧に対応した。その姿を、日ごろの不遜でぶっきらぼうな態度を見慣れた仕事仲間が見たなら、アングリと口を開いたまま固まってしまったであろう。

いつも親に黙ってやってきても、そのうちに茜がどこにいそうか親のほうも見当がつくようになってきた。四半刻（約三十分）も裄沢とともにいれば、迎えが現れるようになる。ただし、迎えにくるのはほとんど奉公人なのではあるが。

裄沢には娘の相手をしてもらった礼を丁寧に述べて連れ帰るものの、家に着いてからは「あまり裄沢の家へ行ってはならぬ」と娘を叱っているらしい。茜が裄沢の家を訪れる頻度は、次第に減っていった。

関谷家の様子に薄々気づいていたため、そうなるだろうとの予測はしていたのだが、実際なってみると思っていた以上に己が寂しさを覚えていることに裄沢は驚いた。いつの間にか、死んだ己の娘と茜を重ねて見るようになっていたのかもしれなかった。

茜自身も、成長するにつれ他のことへ目がいくようになり、また学びも始まったから、裄沢と接触する機会は減っていって当然だったのだろう。

それでも、隣同士であれば偶々行き遭うことが少なからず生ずる。そんなとき茜は、以前と変わらず親しげに裄沢に寄ってきて話をしてくれるのだった。

束の間の交流に物足らぬ思いがないわけではないが、長くなればまた家人の気を惹き、こうした機会自体が奪われてしまいかねない。そう考えた茜の配慮であると察せられたため、裄沢は不満を顔に出すことなく穏やかに立ち話の相手をした。

そうした関わり合いが、今日に至るまでずっと続いている。

亡くなった妻が、嫁いでくる前も裄沢家へ来てからも問題を抱えていたにもかかわらず、夫である己がそれに向き合っていなかったことは、一連の騒動が起きてからしばらくのときを経て、ようやくだんだんと判るようになっていった。

その妻の境遇に本心からの憐《あわ》れみとある種の同情を覚えるようになれたのはつい最近のことになるが、そうなってみて、もしかすると妻が己の愚行で亡くした娘の代わりとして茜を自分の元へ送り込んでくれたのかもしれないなどと、愚にもつかない思いつきがふと頭に浮かんだりするようになった。

そう、茜は裄沢にとり、ある意味自分の娘のようなものだった。

それを当人やその家族はもとより、誰にも話したことはない。また、本当の娘にするように近づいたこともなかった。

茜について、知ることは少ない。その点では、全くの赤の他人で間違いはない。

他人からそう見えるように裄沢は振る舞っているし、きちんと自制もしてきたつもりだ。

だからこそ、こたびの拐《かどわ》かしは大きな衝撃だった。

——何としても救ける。

即座にそう決意していた。そのために必要だから、一味が裄沢に言うことを聞かせるため連れてきたお供の下女をあっさり突き放した。見捨てたと非難されても仕方のない行為だったが、何度同じ事が繰り返されたとしても裄沢はまた同じ選択をしたであろう。

男が連れていこうとした先まで下女を伴えば、裄沢が指摘したように気分を悪くした下女によって騒ぎが起きていたかもしれない。それを回避したかったのは事実だが、真意は別にあった。

もし下女が一緒であったなら、裄沢はあのような主張で男を説得することはできなかった。「拘束《こうそく》している場へ即座に連れていけ。さもなくばもう死んだも同然だから勝手にするがよい」——そんなことを下女の前で口にしていたら、下女はいったいどんな反応を示していたことか……。

裄沢は単に救けるだけでなく、その身に傷ひとつ負わせることなく救い出すことを絶対命題として己に課していたのだ。

もしそれに失敗していたら——。

裄沢の言動のせいで茜の身に取り返しのつかないことが起こってしまったら、当人はいまだはっきりと意識はしていなくても、裄沢はおそらく己の一生涯を懸けて償《つぐな》おうとしたに違いない。

その覚悟で、男を説得した。裄沢の気構えが威迫《いはく》となって男に感じられたからこそ、あの結果が生まれたのかもしれなかった。

六

茜を連れ去った一味の男は、すっかり観念して裄沢に弥作《やさく》と己の名を白状した。

弥作が裄沢を伴ったのは、主参道の一本裏の通りに並ぶ出見世のさらに奥にある、一見何のために建てられたのか判断がつかぬ小屋の一つだった。

中へ踏み込んでみると商品の在庫をいっとき置くための簡易な蔵代わりに使われているようで、仕切りのないがらんどうの小屋の一角のみが部屋になっていた。見世の者が休憩のときにでも使うのであろう。

その閉ざされた部屋の手前に、一人の男がしゃがみ込んでいた。

「お前、どうしてこっちへ……」

小屋にいた男は驚いた顔で、弥作と裄沢を交互に見比べる。

「おいらたちゃあ、どうやら上手《うめ》えことロ車に乗せられてたようだ」

落胆した表情を隠すことなく、弥作が仲間の男に告げた。

「ロ車に乗せられてたって……」

「こちらのお方は、北町奉行所の裄沢様だ。つい先だってまでここいらをお見回りなさってた定町廻りの旦那だって言やあ、お前だってお顔を拝見したことぐれえはあんだろ」

「定町廻りの旦那……」

男は裄沢をまじまじと見つめながら、ゴクリと唾《つば》を呑み込んだ。

「おいらたちが攫ったのも、町方のお役人の娘だそうだ」

「まさか、そんな」

そこで、裄沢が厳しい声を発した。

「そなたらが攫った娘はどこにおる」

男は弥作へ視線を移し、諦め顔に自分も観念して、しゃがみ込んでいた板戸の前から身をどかす。

「この中で」

そうか、と足を踏み出した裄沢は、男を見据えながら警告した。

「今さら逃げようなどと思うなよ。弥作には言ったが、そのまま神妙にしておればお慈悲はある。なれど、関わった者のうち一人でも逃げんとすれば、もはや慈悲が掛けられることはないと思え」

ついで、弥作へ顔を向けて命を発する。

「弥作。そなたは残りの者どもを説得し、ここへ連れて参れ。もはや逃げても無駄だということを、よく言い聞かせるのだぞ」

弥作は頷いて小走りにその場を去る。

そのまま逃げてしまうかは賭けだが、今はそんな些事《さじ》よりずっと大事なことがある。

裄沢は板戸に手を掛けると、思い切ってガラリと開けた。連中の態度から嘘をついているとは全く考えていなかったが、実際そこにいた者の姿を目にしてようやく安堵できた。

外で裄沢が話す声が聞こえていたのであろう、茜は板敷きの床に横座りの姿勢で戸を開けた裄沢をじっと見ていた。

「小父さん……」

　救かったと知ってようやく怖さが実感できたのか、目に涙を溜め声は震えていた。

「よく頑張ったな。怪我はないか」

　涙を流すところを見せたくないのか、下を向いた茜はふるふると首を横に振った。縛られているわけではなく、見たところ服装にも乱れはないようだった。おそらくはただ「ここで大人しくしていろ、声も出すな」と脅されていただけだろう。攫われるまでにも相応のときは掛かったろうし、裄沢が駆けつけるまで何かされるようなことはなかったはずだ――ここへ運ばれるときに着物の上から体を触られるようなことがあったかもしれない、ぐらいは別にすればだが。

「少しだけそのまま待っていてくれ。すぐに家へ戻してやるゆえな」

　声を和《やわ》らげて言葉を掛けると、茜は裄沢を見上げてコクリと一つ頷き、また俯《うつむ》いた。その姿は、なぜか裄沢に茜の幼いころを思い出させた。

　裄沢の背後で、何人か小屋に入ってきた気配がした。裄沢は表情を引き締めて向き直った。

　弥作は、二人の男を連れてきていた。

横に並んだ四人を見渡しながら裄沢が問う。皆が着流しにした単衣《ひとえ》を着崩して一端《いっぱし》のワルを気取ってはいるが、どう見てもいずれも半端者だ。

「これで全部か」

弥作らは、「へい」と返事をしながら神妙な顔で頷く。

「誰か一人、駕籠《かご》をここまで呼んでこい」

裄沢の命に顔を見合わせ、一人がその場から出ていった。

気には掛かるが茜にはもうしばらく待ってもらうことにし、残った三人から茜を攫うに至った事情を訊いた。

やはりこの程度の男どもが自分らで企てた謀《はかりごと》ではなく、唆《そそのか》した者が別にいたようだった。ただし、その者は巧みに己の素性を隠していたらしい。

弥作らは自分らを焚《た》きつけた男が逃げたままなので、裄沢の「手心を加える」という約束が守られないのではないかと心配したようだが、「その者は別に考える」と宥《なだ》められて胸を撫《な》で下ろしていた。

そしてもう一つ。狙いの本筋は茜ではなく、裄沢で間違いないことを確認した。ただ弥作らを焚きつけた男は、人質を取られて抵抗できなくなった後の裄沢について、「煮るなり焼くなりお前らの好きにしたらいい」と言い、はっきりした指示を出さなかったという話は妙なものに思えた。

ともかくそういう話に乗っかって動いたのだから、裄沢がこの者らの言うとおりになっていたら無事では済まなかったことは確かだった。茜をどうするつもりだったかについては、当人に聞かせたくなかったので、あえて問わずに済ませた。

弥作らを使嗾《しそう》した男だが、裄沢について「以前酷い目に遭わされて恨みがある」と告げただけで町方の同心であることは全く教えていなかったとなると、弥作らを最初から使い捨てにするつもりだったと考えて間違いなかろう。

茜を攫って下女を脅しつけた後は全く姿を見ていないということからも、すでに逃げおおせてこの近辺に残ってはいないと思われる。何がしたかったのか、意図が全く読めない振る舞いだった。

駕籠を呼びに行った男が、空駕籠一挺《いっちょう》を従えて戻ってきた。

裄沢は駕籠舁《かごか》き二人を表に控えさせ、弥作ら四人を目の前に並ばせた。

「そなたらは、本来なれば皆引っ括ってお上の裁きを受けさせるべきところだが、己の罪を認め我が指図に従った神妙な振る舞いを認め、お縄を掛けることは勘弁してやる」

その言葉を聞いてホッとした様子の四人へ、「ただし」と続けて気を引き締めさせる。

「さすがにそのまま捨て置くというわけにはいかぬ。一日やるゆえ、皆この江戸から離れるがよい」

裄沢の通告に、全員が顔色を変えた。

「そんな、手心を加えてくださるってお約束じゃあ」

抗議を口にした男を、ついで残りの三人を冷たく見渡す。

「そなたら、己のやったことを胸に手を当ててよく考えてみよ。町方役人の娘を無道に攫い、それを脅しの材料《ネタ》にして別な町方に危害を加えんとしたのだぞ。黙って見逃したままにできると本気で考えておるのか。

本来なればおそらくは打《う》ち首獄門《くびごくもん》、どう軽く済んだところで遠島がせいぜいだ。一日経った後で俺でなくとも町方に見つかったならば、有無を言わさずお縄にされると思っておったほうがよい。そなたらの犯した罪は、さほどに重いものぞ。この場でそなたらが去るのを黙って見送るというだけで、どれほどの温情かよく考えてみよ」

そう裄沢に言われて、四人いずれもが悄然《しょうぜん》とし、下を向いた。

「判ったなれば、疾《と》く去れ。さっさと江戸を出ぬと、ときは待ってくれぬぞ」

非情な通告であることは裄沢も承知している。しかし、唆されてやったこととはいえ軽々《けいけい》に見逃せない罪を犯したのもまた事実なのだ。

これは、弥作ら四人が最低限負わなければならない償《つぐな》いの有りようだった。

突き放された皆が肚を決め、それぞれに動き出そうとしたが、弥作は顔を上げるとおずおずと申し出てきた。

「あの、これ……」

「なんだ？」

「あの娘を攫わせた野郎が、おいらたちに渡してきた金です」

見れば、人数分の南鐐銀《なんりょうぎん》（田沼意次《たぬまおきつぐ》が鋳造《ちゅうぞう》させた二朱銀《にしゅぎん》。八枚で一両）が掌《てのひら》に載せられている。

――わずかこれだけの金を代償に、四人もの命を使い捨てにせんとしたか……。

姿を見せなかった男に、改めて怒りが湧いた。

「それは、そなたらの路銀《ろぎん》の足しにせよ」

裄沢は受け取ることなく言った。

弥作は驚いたように裄沢を見たが、何も言わず頭を一つ下げて仲間のほうへと足を向けた。

息を一つついた裄沢は、板間の中で身じろぐ様子もなく自分を待っていた茜のほうをゆっくりと振り返った。できるだけ優しく声を掛ける。

「ずいぶんと待たせて申し訳なかったな。さあ、家へ送っていこう」

茜は、返事をするのも忘れたかのようにただじっと裄沢を見つめていた。

駕籠に乗せた茜を当人の自宅へ連れ帰ると、幸いなことに先に家に辿り着くことができていた下女から報告を受けていたのであろう、関谷の組屋敷は家の入り口に立っただけで中の騒ぎが判るほど混乱する様子をみせていた。

何度か声を掛けてようやく気づいてもらった裄沢が茜を伴っているのが見えたとたん、その騒ぎは家の外にまで広がる。

駕籠舁きに駄賃を渡して早々に帰してから、どうにか騒ぎを静めて茜を家の中へ送り込んだ。

娘を小脇に抱えるようにして奥へと去っていく茜の母親に続こうとした奉公人の女中が、ようやく気づいたように裄沢を振り返る。

「裄沢様も、中へ」

　ろくに口にしていない礼をこれから述べようというのか、あるいはこれまでの詳しい経緯を求めてのことなのかは、女中の顔を見ただけでは判らない。そういえば、茜の供はなぜこの女中ではなく下女がついたのだろうか。

　それはともかく、先に確かめねばならぬことがあった。

「ご亭主には、連絡をされておるのか」

「はい。下女が戻って参りまして、お嬢様のことが聞けてすぐに」

「ならばそれがしは、まずは北町奉行所《ごばんしょ》へ参ろう。関谷どのも、心配なさっておろうからな」

　裄沢に指摘されて、女中もそれはそうだと頷く。

「お願い申し上げてよろしいでしょうか」

「それがしも、関谷どのには説明せねばならぬことがあるしの——お内儀には、よしなにお伝えを」

　頭を下げる女中を背に、己の組屋敷には目を向けることなく道を西へと取った。

　これからやることになろうあれこれを考えるとどうにも気が重いが、避けて通れぬからには向かうよりない。溜息が出たが、一番の責務は何とか果たせた後なので、割と軽い気持ちで足を進めることができた。

七

非番で普段着の裄沢がやってきたことに、奉行所の表門で門番に立っていた小者《こもの》は驚いた顔になった。

「裄沢様。見たところ本日はお休みだったみたいですけど、何かございましたか」

その表情を見る限り、誰を連絡に寄越《よこ》したのかは知らないが、茜の件はまだ奉行所の中では広まっていないようだ。

「ああ、大したことではない」

門番にはそれだけ返して敷地の中へ通った。

関谷のところへ向かう前に、裄沢は表門の並びにある同心詰所へいったん立ち寄る。都合よく目的の人物がいたので声を掛けてから、奉行所本体の建物へと足を向けた。

己の仕事場へ向かうときと同様、玄関脇の式台《しきだい》から建物に入ると、裄沢はいつもの道筋を採らずにすぐに左手へ折れる。こちらには裄沢が仕事でよく足を向ける例繰方《れいくりかた》の詰所や吟味方の詮議所《せんぎしょ》などが並んでいるが、それらの部屋の前は素通りして今度は右に曲がる。

お奉行の来客などを一時待たせておく溜《たまり》の間《ま》やお奉行が自身のお家の仕事などで使う内座《ないざ》の間《ま》などを横目に見ながら廊下を道なりに進み、奥の奥まで入ってようやく目指す赦帳撰要方詰所《しゃちょうせんようかたつめしょ》へ辿り着いた。

茜の父、関谷左京之進《さきょうのしん》のお役を赦帳撰要方人別調掛《にんべつしらべがかり》同心という。

本来の仕事は遠島など死罪未満の重罪で拘束されている咎人について、恩赦《おんしゃ》があった際に誰にその恩恵を与えるかを決定するため、罪科《ざいか》や情状などの記録を作成しておくことなのだが、ここに『撰要類集《せんようるいしゅう》』の取り扱いが加わったことで、昔より人数が大幅に増えたと聞いている。

『撰要類集』の編纂《へんさん》は八代将軍の吉宗が始めさせた事業で、そのときどきの政《まつりごと》の方向性や老中など幕府要職の意識の差でブレが生じることもあったお裁きに客観性と公平性を持たせ、信頼度を高めることを目的に、過去の判例などを参考にしながら法制格式を項目ごとに取りまとめたものである。

その集大成である『公事方御定書』はいちおう吉宗の在任中に完成したが、その後も判例は次々と生まれてくることから取りまとめの業務は以後も幕末まで連《れん》綿《めん》と続けられた。

それはともかく、裄沢が赦帳撰要方詰所の部屋の前に辿り着いたちょうどそのとき、中から出てきた関谷とバッタリ出くわした。

「！　裄沢どの」

深刻な顔をしていた関谷が驚きに目を見開き、その場に直立する。

「ご心配をお掛けしました。ご無事に家へ戻られております」

関谷が周囲にどこまでの話をしているかを知らない裄沢は、背後にいるはずの関谷の同輩に余計なことを気取《けど》られぬよう、小声でそっと告げて小さく頭を下げた。

「真に……」

無事の報《しら》せを聞いて、とたんに力が抜けたようだった。

「ただ、今後のこともあります。どこかでお話をしたほうが」

関谷も裄沢を見て頷く。当然、単なる安否だけでなく詳細も知りたいと思っているはずだ。

出られますか、との裄沢の問いに、関谷は「本日は早引《はやび》けをお許しいただいた」と頷いてきた。

「では、表へ出ましょう」

「上役にひと言断るゆえ、しばしお待ちを」

そう言って関谷は戻っていく。赦帳撰要方には与力が四人ほど配されているが、そのうちの信用のおける者に内密に事情を告げて定刻前の退勤を許してもらったため、娘の無事を報告に行ったのだと思われた。

「お待たせした」

改めて出てきた関谷は、一番の懸念を解消されてほっとした表情だったのが、また厳しい顔つきに戻っていた。二人して、玄関へと向かう。

途中周囲に人がいないのを確認し、裄沢が小声で言った。

「臨時廻りの室町さんにも立ち会ってもらうつもりで声を掛けました」

その言葉を聞いた関谷は抗議の顔を向けてくる。嫁入り前の娘が暴漢に攫われたなどという醜聞《しゅうぶん》、親としてはできる限り誰にも知られたくないのが当然だ。

裄沢は、得心してもらうべく静かな口調で理由を口にする。

「こたびの一件でははっきり町方に悪意が向けられたわけですから、なにごともなく済んだとはいえ頬《ほ》っ被《かむ》りして知らぬふりをしたままでよいとは断ぜられません。これからどうすればよいかは我らだけでなく、経験豊富な先達にも加わってもらい、話し合って決めた方がいいと思います」

裄沢が最初から話を皆に広めようとしているわけではないと聞き、その意見には道理があるので関谷も渋々ながら頷いた。

臨時廻りは同心としての経験豊かな者が就くお役であり、その主な任務は定町廻りに助言しその補佐を行うことにある。

人殺しなどの重大事件が起きれば定町廻りとともに解決にあたるが、普段は定町廻りが非番のとき代わりに市中巡回を行ったり、あるいは市中巡回中の定町廻りが大きな騒ぎに出くわしたときに備えて奉行所で待機するのも仕事のうちに含まれる。

本日裄沢が同心詰所に顔を出したとき、待機していた臨時廻りは幸いなことに、いずれも親しく話のできる室町と柊壮太郎《ひいらぎそうたろう》の二人だった。

二人にはすでにざっと話をしてあったから、裄沢と関谷が現れると室町が無言で立って近づいてきた。室町が裄沢らと席をはずしている間は柊が一人で待機することになる。

ものの道理を十分わきまえている二人には口止めの要はない。

「一石橋袂の蕎麦屋でいいですか」

裄沢や来合が人に聞かれたくない話をするときを含めてよく使う見世だが、奉行所を出て目の前の呉服橋を渡ればすぐのところにあるので、室町が急に呼ばれるようなことがあっても都合がよい。

関谷と室町の同意を得て、その場に残る柊にも確認した上で三人揃って奉行所を出た。

向かった蕎麦屋では、人の耳を遠ざけたいときに使う二階の小部屋へ上がる。まだ陽が高い上にこれからする話が話だから、酒は頼まず形だけ蒸籠《せいろ》を三人前運ばせた。

裄沢は、関谷と室町の二人に対し、本日深川の永代寺や富岡八幡で起こったことを順を追って話した。

「つまりは、茜は裄沢どのの事情に巻き込まれてかような目に遭わされたということか」

ともかく最後まで口を出さずに聞いていた関谷が、話の終わったとたんに裄沢を睨んできた。

「真に申し訳なく」

裄沢は、弁解一つすることなく深く頭を下げる。

「まあ、関谷さんだって町方である以上は、自分のやったことじゃなくても同輩がお役がらみで買った恨みのとばっちりを受けることがあンなぁ承知してるはずだ。大事《でえじ》な娘のこったから父親としちゃあ責めたくなるなぁ判るけど、そいつぁちょっとお門違《かどちが》いってモンじゃねえかな」

横から室町が取りなしてくれた。

しかし、関谷は収まらない。憤懣やるかたない思いが抑えきれずに零れ出た。

「ですが、茜を攫った無法者どもを、引っ捕らえもせず逃がしてやったなどと」

裄沢は、できるだけ冷静な口調に努めて短く考えを語った。

「もし捕まえておらば、お裁きに掛けねばならなくなります」

「それは……」

裄沢の言葉に、関谷は二の句が継げなくなった。

裁きにかけるとなれば、茜に起こったことを秘密にしてはおけない。少なくとも町奉行所の与力同心は皆が知ることになる。

わずかな間のうちに救い出せたのだから何ごとも起こったはずはないし、実際何も悪いことなど起きなかったのではあるが、こうした話は往々《おうおう》にして興味本位の尾鰭《おひれ》がついた噂になってしまう。

幕臣の中で「不浄役人」と陰で呼ばれ、ある種別物扱いされる町方は、ほとんどが同じ町方の中で婚姻関係を結んでいるというのに、嫁入り前の娘に起きていいことではなかった。

裄沢が弥作らを説得する材料としたような、「命を絶つ」ところまではいかないと信じてはいるが、若い娘の将来が閉ざされる心配は十分にあったのだ。

裄沢の判断に、父親として文句をつけることはできない。関谷も、それ以上の苦情を口にすることなく退《ひ》き下がった。

「で、どうするね」

室町が、沈黙する関谷と裄沢に水を向けた。

関谷が口を開かないので、やむを得ず裄沢が意見を述べた。

「気になるのは、弥作らを使嗾したという、俺の前には姿を現さなかった男。さすがにこのまま放置することはできぬと思います」

裄沢の言に、関谷が驚きと抗議の声を上げた。

「待て、裄沢どの。それでは、茜のことを皆に広めると申すか」

裄沢は首を振って丁寧に答える。

「相手が誰か判らぬまま捨て置くというわけにはいきません。捕らえるかどうかは、まずはそれを探り当ててからのこととなりましょう」

関谷は裄沢と室町を見比べながら問う。

「そなたら二人だけで動くと言うか」

「内役のそれがしを含む二人では無理がありましょう。探索に必要な最小限の信用できる者に、しっかり口を閉ざしていると約束してもらった上でやってもらいます」

「しかし――」

関谷は逡巡《しゅんじゅん》する。拡散する懼《おそ》れがある以上、できるだけそうなりかねない芽は潰しておきたいのが親としての心情だった。

同意してもらうにはやむをえないこととして、そして家長としては知っておくべきこととして、裄沢は告げる。

「俺が茜どのを連れて戻ったとき、関谷どのの家で何かあったという気配は外から見ただけではっきりと判るような様子でした」

家から使いがやってきたとき、その者は落ち着いた様子で関谷を呼び出し、人のいないところで茜が攫われたことを報せてきた。だから家のほうも、秘匿《ひとく》すべきことが外に漏れたりしないよう、しっかり統制が取れているとばかり思っていた。

「そんな……」

――まさか、一番しっかりした者を使いに出したがために、家の中の騒ぎを抑える者がいなくなったのか……。

裄沢は、結論を口にする。

「外に漏れぬようにとのお考えは当然ですが、奉行所の中より組屋敷の近所をどうするかを考えられたほうが効果があると思います」

「いやしかし、それでも――」

隣近所の耳目《じもく》を抑えることは当然として、漏れ出る口がいくつもあるなら全てを塞いでおきたい。

そんな関谷へ、室町が語り掛けた。

「なあ、関谷さん。お前さんが娘さんを守ろうとすんなぁ当たり前のこったけど、破落戸《ごろつき》唆して娘さん攫わした野郎は、こたび一回だけで満足すると思うかい？　放っといて好きにさせといたら、またお前さんの娘さんを狙ってくることたぁ絶対にねえかね？　――あるいはそんとき狙われんなぁ、お前さんの娘じゃあなくって、他の町方の家族の誰かかもしれねえ。それでもお前さんは、黙《だん》り決め込んで何もなかったことにしたほうがいいと思うかい？」

「……」

「お前さん裄沢さんに『黙ってねえで調べるべきだ』なんて言われて、自分のせいなのにそんなことを言える奴は鬼だって思ったかもしれねえけど、こいつぁ裄沢さんが口に出してなきゃあ、おいらが言ってたこったぜ」

言外に関谷から提言してほしかったという意図を籠めて口にされた言葉だった。

関谷はしばらく押し黙ったままだったが、最後にはついに折れて裄沢の考えに同意した。

八

「で、その破落戸どもを唆した男のほうだけど、お前さんに何か心当たりはあんのかい」

関谷が得心したところで、室町は裄沢のほうを向いた。このような切迫した話をしているのに室町がどこか嬉しそうにも見えるのは、つい先日まで定町廻りと臨時廻りの組で仕事をしていたときの感覚を、思いがけずも再び味わえているという気分になったからかもしれない。

裄沢のほうは室町に淡々と返す。

「俺は直接その男を見ていませんし、弥作らも名乗りを聞いたりはしていないと言っていましたから、はっきりと言えることはありません。ただ、あるいはそうではないかと想像していることはあります」

「ほう、そいつは？」

問われた裄沢は、考えをまとめるためか答えるまで一拍空けた。

「男は、遊び人ふうがぴったり似合っていたのでそちらが本性だろうと思う、と弥作は言っていたのですが」

「実は、違うって？」

「弥作らが最初にその男を見かけたとき、男は商家の手代が使いで出てきたというような格好をしていたとのことです。いいカモだと思って手出しをしたところ、あっさりと返り討ちに遭ったのが弥作らと男の出会いだったと言っていました」

「そんなことができるなぁ、確かに商家の手代ってえよりは遊び人の中でも腕に憶えのある男だろうけど……じゃあ、最初に男がそんな格好をしてたなぁなんでだ？」

「そんなふうに考えるのが当たり前なんでしょうが、逆に、商家の手代でありながらさほどに腕っ節のある男だったとは考えられませんか」

「……普通の商家なら、そんな手代はいねえよな」

「はい。よっぽど特異な者を偶々雇うことになったとかでない限り、普通はありませんね」

「普通じゃねえ商家、かい」

「かどうかは判りませんが」

「……お前さん。どうやらはっきり思い当たってるとこがありそうだねえ」

「男が商家の手代の格好をしていたときの持ち物ですが、どうやら反物の包みだったらしいです。そして俺は、このところとある呉服屋から、妙な誘いをしつこく受けたのをきっぱりと断ったところでして」

「それが、お前さんを痛めつけようとした相手だと？……鷲巣屋かい」

このところ奉行所の内外で注目を浴び、いろいろなところから声が掛けられている裄沢に、急接近を狙っている商家があることは室町も耳にしていたようだった。

「証《あかし》は全くありませんが」

裄沢の返答に、室町は考える顔になる。

「その弥作って破落戸にでも、鷲巣屋の奉公人どもの面通しをさせりゃあ――って、もう弥作は江戸にゃあいねえのか」

「はい。やむを得ぬこととはいえ、目こぼしをして逃がしてやりましたゆえ。もし江戸のどこかに残っていたとしても、簡単に我らの目に触れるところではないでしょう」

罪人を裁く町奉行所の当の役人から、捕まれば死罪か遠島だと散々脅されたのだ。いくら考えなしの男どもとはいえ、すぐに見つかるようなところをウロチョロするようなことはあるまい。

それまで室町と裄沢の妙に息の合った掛け合いを黙って見ていた関谷は、「裄沢が弥作らを逃した」という話になったところで口をへの字に曲げたが、二人のやり取りに割り込んでくることはなかった。捕まえなかったのは茜の誘拐を公《おおやけ》にしないためだったと言われては、抗議もできない。

そんな関谷の感情の動きを気にすることなく、室町と裄沢のやり取りは続く。

「じゃあ、とりあえずお前さんを痛めつけるために関谷さんの娘さんに手ぇ出させようとしたのが鷲巣屋の手代だったとしようか。

その手代は、なんでお前さんにそんなことをした？　お前さん、鷲巣屋からの誘いを断ろうとしたときに、向こうの奉公人からさほどの恨みを買うようなことをした憶えはあるかい」

裄沢が理由もなく下の立場の者を邪険《じゃけん》に扱うようなことをしないのは、室町も知っている。しかし同時に、勝手な考えでこちらを害そうとした者に対して裄沢に容赦《ようしゃ》がないところも、すぐ目の前で見せつけられた経験を持っていた。

「いえ、鷲巣屋との関わり合いは主の金右衛門とがほとんどで、奉公人からさほどに恨まれる憶えはありません」

「するってえと、お前さんをどうにかしようとしたなぁ、鷲巣屋の主ってことになるが」

「そうでしょうね」

桁沢は一つも表情を変えることなくあっさりと答えた。

「鷲巣屋の主についちゃあ、そこまでのことをされる憶えがあるって？」

「いえ。単に誘いを断っただけなので、それで終わりかと考えていました。さらにしつこくしてくることはあるかもしれないとは思っていましたが、このような手の出し方をされるとは予期していませんでした」

「でも、手ぇ出してきたと」

「あるいは、断られたことによほど腹を立てたということでしょうか。俺を引き入れることにさほどの自信があったのか、それとも恥をかかされたとでも思ったのか……」

さすがの桁沢も困惑気味だ。

ふーん、と桁沢の顔を見ながらしばらく考えごとをしていた室町が、おもむろに口を開く。

「しっかし、そんなことをして鷲巣屋に何の得がある？　何かの利益を望んでしでかしたことだとしたって、こんなふうにバレちまったら取り返しのつかねぇほどの損になっちまうじゃねえか。

あれほどの大店を構えるようんなった商人が、そんな損得勘定もできねえたあ、おいらにゃどうしても思えねえんだが」

室町の言葉に裄沢は頷きながらも自分の考えを口にする。

「おっしゃることには俺も同意しますが、そもそもこたびの一件はやり口からして異様です」

「ほう、どんなとこがだい」

「弥作らが指図された中身からしても本当の狙いは俺だったというところは間違いないでしょうけれど、ならばなぜ、あのように迂遠《うえん》な手立てに打って出たのでしょうか。俺を直接狙えばよほど簡単なのに、人質を取って言うことを聞かせようなどと手間を掛けた分だけこちらに隙を見せることになった」

「しかし、町方の内役では奉行所の外へ出ることは少なく、勤めの行き帰りも皆が同じような刻限になるゆえ同僚の目があって襲うことは難しいと考えたのでは」

関谷が口を挟んできたのにも裄沢が応じる。

「とはいえ、実際手を出してきたのは非番の日に俺が気紛れで向かった深川です。向こうは相応の手間を掛けてここまでじっと機会を待っていたでしょうから、焦って成るか成らぬか判らぬような賭けに出る必要があったとは思い難いのです。もしその場の成り行きで急に仕掛けることにしたのだとしても、唆した連中に直接俺を襲わせたほうがずっと簡単だったはずですし」

裄沢の考えを聞いて関谷は得心し口を閉ざす。

代わりに室町が後を続けた。

「何かが、向こうの中であったってことかね」

「そうかもしれませんが、あるいは、先方にはこちらが思ってもいないような意図があるのかもしれません」

「てえと？」

「人質を取って俺に言うことを聞かせたいとしながら、実際に何をどうするかは全て弥作ら任せ。唆した本人はまともな指図もしないままに消え失せてしまっております。もしこれが事実とすると、果たして俺に怪我を負わせることが先方の真の狙いだったのか、と疑問を覚えざるを得ません」

「……もし、お前さんの言うように狙いが他にあるとしたらそれは？」

「もし、人質を取られていながら俺が弥作らの言いなりにならず逃げを打っていたら、あるいは言いなりになった結果打擲《ちょうちゃく》され服も髪も乱れたみっともない姿を町の衆の目の前で曝《さら》したら、いったいどうなっていたでしょうか」

「……言うとおりに動かして甘い汁を吸おうとか、怪我ぁさせて鬱憤《うっぷん》晴らしをするってよりかは、お前さんに恥をかかせることが目的か――けどそれに何の意味がある？　まあいずれにせよ、ずいぶんと思い切ったことをしでかしたもんだが」

「あるいはただの、俺の思い違いかもしれません。ですが、他にそれらしい理由は思いつきませんので」

じっと裄沢の顔を見た室町が零す。

「はぁ、もういいや。何も判らねえうちに、いつまでもこんなことを言い合ってたって始まらねえ――いずれにせよ、外に漏れねえように気をつけながら最低限の人数で探索を行うこたぁ関谷さんも同意してくれたんだ。裄沢さんの言うように背後に鷲巣屋がいるのかどうか、今のところぁ断定はできねえけど、そいつぁ今後の調べで明らかにしてきゃあいいこった」

室町が出した結論に、関谷は何か言いたそうにしながらも、すでに得心して頷いたことであるから異論を吐くようなことはしなかった。

それで、一石橋袂の蕎麦屋で開いた三人だけの会合は打ち切りとなった。

蕎麦屋を出た三人は、別れる前にもう一度顔を突き合わせる。室町が問うてきた。

「おいらぁ奉行所へ戻るし、早引けした関谷さんは組屋敷へ帰んだろう――裄沢、お前さんはどうする」

裄沢は室町に直接答えず関谷を向く。

「関谷さんは急ぎお戻りになるべきでしょうが、その場に俺もいて、家族の皆さんから問われたことに答えたほうがよいでしょうか」

「いや、とりあえずは娘の無事をこの目で確かめ、家内とともにその介抱《かいほう》に当たりたい」

裄沢から家のほうが騒ぎになりかけていたと聞いていたことを思い出し、関谷はそう答えた。まずは自分の目で見て必要なら取り鎮《しず》めてからでないと、裄沢にせよ誰にせよ不用意に家へ上げることはできない。

「では俺は、少し遅れて戻ることにしましょう」

関谷が一人でどうこうしようとしても、落ち着かせる前に裄沢から話を聞くべきだという声が上がることも十分予想された。それでも、裄沢がまだ家に着いていなければ何の問題も生じない。

関谷は裄沢と娘が関わったがために起きた不幸への恨みと、それが勃発《ぼっぱつ》した後の心遣いへの感謝という複雑に入り混じった想いを抱えながら、裄沢より先に家路に就くことにした。

「さてと」

関谷の後ろ姿が遠ざかるのを見つつ、室町が声を上げた。裄沢をじろりと眺めやる。

「で、お前さんが鷲巣屋を怪しいと踏んだなぁ、なぜなんだい。関谷さんがあの場にいたから口に出さなかったことが有ンだろう」

室町にかかっては全てお見通しのようだった。確かに、先ほど裄沢が述べた理由だけでは鷲巣屋を疑う根拠が薄い。

「これを述べてもまだまだ確たる証とはならないでしょうが」

そう断ってから裄沢が語り出したのは、鷲巣屋に呼び出されて料理茶屋で会ったときの一部始終だった。

「どのようなことに誘ったつもりだったかは判りませんが、あれはどう考えても商家の主が町方役人に、ただ見世への出入りを願った言動だとは思えませんでした」

　裄沢の話をじっと聴いていた室町は、あり得そうにもない奇妙な勧誘について、疑念を呈することなくそのままに受け止める。

「向こうの魂胆について、お前さんの考えるところは」

「思いつくことがないではありませんが、今はまだ口にすべきではないと思います。先ほど室町さんがおっしゃったように、鷲巣屋へ探りを入れてくださるなら、余計な先入主《せんにゅうしゅ》（先入観）のない状態でまずは当たってもらうべきかと」

「……そんだけ、突拍子《とっぴょうし》もねえ話だってことかい」

　裄沢の無言は、肯定の意と捉えざるを得ない。

　室町は再び溜息をつく。

「まあ、そこまで言うなら、まずはそのとおりにやってみようかい。西田さんなら上手く巻き込まれてくれそうだしな」

　世話焼きで苦労人の室町に、裄沢は深く頭を下げた。

　臨時廻りの室町は、定町廻りの来合と組んだときに振り回されることも少なからずあるようだが、もしかしたらこのごろは、来合よりも自分のほうがこの人に迷惑を掛けているかもしれないと裄沢は思った。

九

裄沢と室町は、鷲巣屋がある日本橋北を受け持ちとする定町廻りの西田小文吾だけでなく、西田と組むことの多い臨時廻りの柊壮太郎の協力も得ることに成功した。

西田と柊がそれとなく鷲巣屋の周辺を探ったところ、「主《おも》に売り場で働く奉公人で、偶《たま》の仕事での外出は見世の主のお供が多い」という手代が一人、このところ姿が見えないことを聞き出した。

その男の顔つき、背格好は、裄沢が弥作らから聞き出した「茜の拐かしを使嗾した人物」と矛盾《むじゅん》していない。茜やお供の下女から得た証言も、これとほぼ合致していた。

そしてその両方を突き合わせたところで、裄沢も一人の男を思い出したのである。

鷲巣屋の主金右衛門が裄沢の組屋敷に供をさせ、呼び出した料理茶屋では己の隣に座らせた手代――金右衛門が番頭を差し置いて「己の右腕だ」と表明した男だった。

「こいで、鷲巣屋が関わったってえ疑いが濃厚んなったな」

「果たしてこれだけで一カ所に絞り込んでよいものでしょうか」

室町のまとめに、裄沢が慎重論を唱えた。

そこへ、柊が意見を述べる。

「別においらたちゃあ、鷲巣屋を探ることだけやってたわけじゃねえんだぜ。黙ってて悪かったけど、裄沢さんの周辺も当たって、鷲巣屋以外にこんな悪さしそうな奴はいねえかも探してたんだ。

そんでも何も見っからねえから、まずは心当たりに力入れてみようかってことだけど」

「俺に断りがなかったのは当然のことです。俺自身が何かの企みで皆さんを動かそうとしてるというところから疑うのが、我ら町方が行う調べの常道であると理解しておりますので」

裄沢の言葉を受けて室町が続けた。

「じゃあ、ここまででいちおうの結論が出たってこったな――そこで裄沢よ。先日口にしてた『鷲巣屋の商人らしからぬ誘い』について、そろそろお前さんの考えってヤツを聞かせてもらえねえか」

このごろされるようになった室町からの呼び捨ては、それだけ裄沢を身近に感じるようになってくれたからの振る舞いだろう。

裄沢は、無言で自分を見つめる三人の顔を順に見ていった。

「かなり突拍子もない話に聞こえると思いますが」

「町方役人痛めつけるのに別の町方の娘を攫って人質にするってえところからして、もう突拍子がねえさ」

「ただの呉服屋の手代が、町の破落戸を唆してそれをやらせたってえのもな」

「しかも、も一つ裏にゃあ、その手代が奉公してる大店の主がいるとなったら、突拍子がなさすぎて三文芝居も舞台にかけんなあ、ちょいと二の足を踏むような話だぜ」

室町、西田、柊の順に応《いら》えが返る。

最後に室町がもう一度取りまとめた。

「ところが、その突拍子のなさの大安売りが、調べりゃあ調べるだけホントのことだと思えてきちまった。なら、もう一つぐれえ加わったって大勢に影響はねえよ――ただ、聞いて驚くなって言われたって無理かもしれねえけどな」

冗談交じりの言いようで、裄沢に話しやすくしてくれたようだ。

裄沢は頷き、三人に己が懸念していることを語った。

話を聞き終えた室町が大きく溜息をつく。

「やはり突拍子がなさ過ぎて、信じてはもらえませぬか」

裄沢は、自分でも半信半疑なためにそうであってもやむを得ないと考えていた。

ちらりと室町と視線を交わした柊が、代わって答える。

「いや。すっかり信じろって言われると、さっきの室町さんじゃねえけど躊躇いを覚えるのも確かだが、話にきちんと筋が通ってるように思えることもまた間違いねえ。

ならみんな、その前提で動くってことに異論はねえさ」

今日はここまで口数の少なかった西田が、頷いた後で疑問を口にする。

「しかし、手代が一人いなくなったってえだけで何か証があるってワケじゃあねえ。その手代のことを突っ込んだって、『仕入れを学ばせるために江戸から出した』、『その後行方知《ゆきがたし》れずになった』なんぞと白《しら》ばっくれられたら、手の出しようがありますかい？」

これには、室町があっさり応じる。

「向こうさんが搦め手《からて》から攻めてきてんだ。なら、こっちだって真っ正直に正面から突っ込んでく要はねえさ」

「？」

室町の言葉を、柊が補足した。

「鷲巣屋の見世へ出向いて『お前さんとこの手代の姿が見えねえけど、いってえどこいったんだい？』なんぞと正々堂々訊かなくったって、いろいろやり方はあるってことさ」

「そのついでに、裄沢さんの懸念が当たってるかどうかも確かめられるかもしれねえしな」

西田は二人の言い方に得心しきれてはいなかったものの、この練達者《れんたつしや》たちが言うのだから黙って従えば間違いないと口を噤んだ。

室町が裄沢のほうを見やる。

「おいらが溜息をついたなぁ、またお前さんは途方もねえことぉ考えるなぁって感心したからよ。

そいつはともかく、これだけのことが起こってんのに、お前さん、来合を蚊帳《かや》の外《そと》にしたまんまでいいのかい」

「確かな証がないまま進めるのですから、ただでさえ微妙な舵取《かじと》りが必要な探索になります。そこへ、あいつがいつもの伝《でん》で形振《なりふ》り構わず突っ込んでったら、みんな無茶苦茶になりかねません。あいつには、知らぬままでいてもらいましょう」

もともと直情径行《ちょくじょうけいこう》のきらいが大いにある来合は、美也との婚姻で裄沢が大層《たいそう》骨を折ったことを必要以上に恩義に感じている。特に、当人たちすら修復不可能と諦めていた美也と実家との関係改善を為《な》し遂《と》げたことは、望外の成果だと受け止められていた。

ために、裄沢が危うい目に遭いかけたなどと来合が耳にしたら、どこまで暴走するか判ったものではないという不安は、とても取り越し苦労などと言えない状況なのだ。

「仕方がねえか。けど、いつまでも知らねえまんまじゃねえだろうし、そんときのことを考えるとなぁ」

室町がまた溜息をつく。こんなことを言いながら、実際そうなったときには自分から宥め役を買って出るのがこの男の人の良さであり、苦労が絶えないところであった。

ところでよ、と柊が話を本筋に引き戻す。

「さっき話の出た搦め手からの探索――ってえか、揺さぶりを掛けるとなると、おいらたちだけじゃあ手は足りねえぜ」

気を取り直した室町が受けた。

「ああ。手が足りねえってえか、廻り方以外のお役にも手伝ってもらわなきゃいけなくなんだろうな」

「関谷さんにすりゃあ、あんまり嬉しくねえ話だろうけどな」

「巻き込む相手は、十分吟味しねえといけませんな」

「おんなし町奉行所《ごばんしょ》の同輩連中だけど、気をつけねえわけにゃあいくめえよ」

柊と西田のやり取りに、室町がまた溜息をつく。裄沢が口を挟んだ。

「そこまで手を広げざるを得ないとなると、内与力を通じてお奉行にはいちおうお知らせしておかないといけませんね」

「失敗《しくじ》って騒ぎになったときのことぉ考えりゃあ、知っといてもらわねえとダメか」

本石町の表通りに見世を構えるような大店に手を出すのだ。万が一のとき、町奉行が何も知らなかったではお奉行が面目を失うことになる。

「で、内与力に知らせるって、どっちへ報告すんだ？」

四人が顔を見合わせた。

「深元《ふかもと》さんかなぁ。唐家の爺様はまだよく人柄が判ってねえからな」

柊が己の考えを述べる。内与力の深元には杓子定規《しやくしじようぎ》なところがあり、関谷が娘の評判を心配する心情をどこまで汲《く》み取《と》ってもらえるか不安はあるが、それでも海のものとも山のものともつかない新任の唐家よりはマシだろうという判断だった。

その柊が裄沢のほうを見ているのは、用部屋手附同心として上役である内与力と最も関わりが深いからであり、日々接している者からの意見を訊きたいということであろう。

が、裄沢は別なことを口にした。

「俺は、ある意味当事者です。報告を上に上げるのは、申し訳ありませんが皆さんのうちのどなたかにお願いできればと」

確かに報告に客観性を持たせるためにはそのほうがいい。となれば、報告する相手は柊の考えどおり深元一択《いったく》であろう。

「しかし、どこまで話す？」

「ホントは全部なんだろうけど、裄沢さんの懸念までいっちまうと大ごとになりかねねえからな」

「そうなりゃあ、関谷さんの心配なんて気にも掛けられなくなるか……」

　またまた、室町の溜息が皆の耳に届く。

「しゃあねえな。裄沢に相談されて関谷さんと話したのもおいらだし、おいらが行ってこよう──まあ、おいらが聞き損なったってこって、あんまり深《ふけ》えとこまで突っ込まれたときゃあ、適当に誤魔化すさ」

　苦労人の室町が、また自ら貧乏籤《びんぼうくじ》を引いてくれたのだった。

十

　日本橋本石町一丁目の呉服屋・鷲巣屋の店先《たなさき》では、帳場の囲いのすぐそばに、北町奉行所定町廻り同心の西田小文吾がどっかりと腰を下ろしていた。西田は帳場を任された一番番頭と機嫌よく話をしている。

　とはいえ、数日前にはさほど長くはなかったものの主の金右衛門とも会って話をしていたようだから、「今日は何ごとだろう」と気にはなってくる。

雑談部分を除いた実際のやり取りの大筋は、この近辺で気になるようなことは起きていないかとか、商売絡みで町奉行所に伝えておいたほうがいいと思うようなことはなかったかなどと、しごく真っ当なお役目の話であった。

廻り方の役人と冗談も交えながら親しく付き合えているのだから、見世としては喜ばしいことのはずなのだが、西田の目につかないところへ足を運んだ鷲巣屋の奉公人は、みんな顔を顰《しか》めていた。

──あの同心、いつまで腰を据えてるつもりだ。

そう、西田は半刻(約一時間)以上も前にここに現れ、それからずっと一番番頭に張り付いたままだった。見世を訪れた客のことなど少しも意に介す様子がなく、町方装束で羽織の裾をなぜかすっかり右手に回しているから背中の帯に差した十手が周りからはっきり見えることもあって、客のほうが西田に遠慮して買い物がしづらそうにしている。

──これじゃあ、商売上がったりだ。

心の中ではみんなそう吐き捨てても、定町廻りに面と向かって言える強者《つわもの》はいない。

「ああ、ずいぶんと長居しちまったようだなぁ」

ようやく気づいた様子の西田が腰を上げる素振《そぶ》りを見せた。

「毎日お役目ご苦労様に存じます」

すかさず一番番頭が西田の着流しの袖口《そでぐち》から付け届けを落とそうとする。

が、西田はひらりとそれを躱《かわ》した。

「!?」

番頭は、思わぬ西田の振る舞いに一瞬呆気にとられた。

巡回中の廻り方が見世を訪れたときにそれなりの金を包んで渡すのは、商家が町方へよろしくお付き合いを願うための慣例的な風習であり、非常識な大金でもない限りは問題視されるようなことはない。

さらに鷲巣屋と西田との間には、鷲巣屋の主が西田以外の町方にも出入りを望んだことからここしばらく関係がぎくしゃくしていて、西田のほうから出入りを断ってきたという経緯があった。

だから一番番頭は、本日の西田の登場を、先方から関係改善の意思を示してきたのだとばかり考えていた。ならば、付け届けを渡すのも受け取るのも当然のことだと思い込んでいたのだった。

その当てが、あっさりとはずされた。

――じゃあ、西田様が今日やってきたのは、鷲巣屋《うち》への嫌がらせのため？

立ち上がった西田を呆然と見上げる番頭へ、西田は笑顔を返した。

「ためになる話をいろいろとありがとよ。邪魔したな、また寄らせてもらうからよろしくな」

含むところの全くなさそうな笑みを浮かべたまま、西田はそう挨拶《あいさつ》するとサッと身を翻して見世を出て行ってしまった。

後には、思わず引き留めんと出しかけた腕を中途半端に前に伸ばしたまま、固まっている番頭が残るばかりだった。


数日後。鷲巣屋の見世の裏手では、奉公人二人が供を連れた町方装束の男とやり合っていた。

「だから、こんなとこにいつまでも荷を積み上げておかれちゃあマズいんだ。さっさと見世の蔵へ仕舞っちまってくれりゃあいいんだからよ」

このもの言いからすると、鷲巣屋の手代らしき奉公人を相手に指導しているのは高積見廻りらしい。高積見廻りは、道など私的占有が禁じられた場所で置き荷をすることや、敷地内でも規定を超える高さまで荷を積み上げる者を取り締まることを主な任務としている。

往来の妨《さまた》げの排除や積み荷崩落《ほうらく》による事故の回避が目的であることに間違いはないが、火災発生時に違法な積み荷が原因で火が燃え広がるのを阻止するという意味も、このお役には含められている。

町方役人からの指図に、鶩巣屋の奉公人は抵抗する。

「お役人様。そうはおっしゃられましても、届いた荷を検《あらた》めもせずに蔵へ運び込んで積み上げるというわけには参りません。それでは何がどれだけ入ってきたのか掌握《しょうあく》できませぬし、第一店先で売れた品の補充をしようにもどこに何が納まっているのか判らぬままでは売り場も裏も仕事が滞《とどこお》ってしまいます」

「そんなこたぁそっちの都合だ、おいらたちが斟酌《しんしゃく》してやんなきゃならねえこっちゃねえ。こっちゃあ、お上のご意向に従ってお前さん方へものを言ってるんだ。

それとも何かい。お前さん方ぁ、お上の決めごとなんぞ、馬耳東風《ばじとうふう》で右から左に聞き流してりゃいいなんぞと思ってんのか」

「いえいえ、決してそのようなことはございません。ですが、急に今までとは違ったことをおっしゃられても、できることとできないことがあるのをご理解いただきたいと申し上げてるだけでございます。

それに、口幅ったいことを申し上げることになり恐縮にございますが、かような荷積みはこれまでお役人様方にも認められてきたこと。それが急にやり方を改めよとおっしゃられても、さすがにすぐの対応は難しゅうございます。どうぞ、今しばらくときをお貸しくださいますよう」

鷲巣屋の手代らしき奉公人は、角が立たぬよう気をつけながらも町方役人の言うことをきっぱり押し返した。

が、町方役人のほうも簡単に引っ込むつもりはないようだった。

「お前さん、おいらが今までとは違ったことを急に言い出したとか、今まで認められてきたやり方を今日んなって改めろと言ってきたっつったな。けどおいらぁ、お前さんとこでお達しに背いてるとこがあるから早く直せって、これまでなんべんも言ってたよなぁ。

言われた者の中にゃあ、お前さんもいたはずだ。おいらははっきり憶えてるぜ――なあお前さん、そんなことはこれまで言われたこたぁねえと、おいらの目を見てはっきり言えんのかい？　え、どうなんでえ」

「それは……ですが、これまで注意されたことはあっても、このように厳しいご指導をいただいたことは――」

「馬っ鹿野郎！　なんべん言っても直らねえから、こうやって厳しくやらざるを得なくなってんじゃねえか。それとも何か、おいらたちゃあ口うるさく言うだけで、お説ごもっともで聞き流してりゃあ、いつまでも目こぼししてもらえるとでも思ってやがったか。町方を甘く見るんじゃねえぞ、この野郎っ！」

血相《けっそう》を変えた町方役人に、鷲巣屋の奉公人は平身低頭する。が、言われたことをそのまま受け入れたのでは仕事にならないのもまた事実だ。

どうにか今の苦境を回避しようと、鷲巣屋の奉公人は思い直してもらうために説得できそうな間隙《かんげき》を粘り強く探るのだった。

その夜の鷲巣屋の奥座敷。

「ふん、定町廻りが見世で邪魔をし、高積見廻りが裏に回って仕入れの邪魔をするかい。町方も、ずいぶんとせせこましいマネをするもんだねえ」

せせら嗤うような言い方だが、鷲巣屋の主金右衛門は明らかに苛立っていた。

商売の支障はこれだけではない。同業仲間は鷲巣屋を爪弾《つまはじ》きにした上で勝手な決まりごとを作っては例外のない遵守《じゅんしゅ》を求め、その陰で鷲巣屋の取引先に圧力を掛けるなどの嫌がらせを強めている。

今では江戸でも一番の呉服屋となった日本橋本町の三井越後屋《みついえちごや》も、かつては「現金掛け値なし」というこれまでにない斬新な商売で大きくなり、周囲からの様々な妨害を受けて苦労した。鷲巣屋も「訳ありのお値打ち品」として船で潮に浸かってまともには売れなくなった反物などを格安で提供するような商売を手広く始めたことから、三井越後屋と同様の妬《ねた》みを周囲から買って苦労してきた経緯は今までもあった。

三井越後屋は隠忍自重《いんにんじちょう》しながらも不正な妨害は町奉行所に協力を依頼して排除し、何よりその商売の有りようが顧客から大いに支持を集め続け、さらにはお上の御用達《ごようたし》となって現在の盤石《ばんじゃく》な地位を築くに至ったのだった。

ところが鷲巣屋は今、北町奉行所と思わざる対峙《たいじ》をした格好になっている。同業者が結託《けったく》してあからさまにこちらを潰そうとしているのも、北町の役人が見て見ぬふりをする姿勢を見せているからだと思われた。

事態が切迫しているのはそれだけが理由ではない。見世に、地回りの類《たぐい》が何人も、何度も難癖をつけに来るのだ。それぞれ金を握らせれば大人しく帰っていくものの、女客が中心の呉服屋に、そんな連中が頻繁に現れるようになっては客足が遠のくのも当然のことだった。

界隈を受け持つ定町廻りに訴えても「気をつけておく」と言うだけで効果は表れない。こちらへの返答とは裏腹に、手先の御用聞きを通じて地回りどもを焚きつけているのではないかとすら疑われた。

己が町方の一人に手出しをさせたのが因とはいえ、まさかこれほどの事態になるとは思ってもいなかった。

――北町がこちらを敵視するなら、南町に擦り寄ればよい。

そう考えて南町の役人とのつながりを篤《あつ》くしようとしたのだが、思い切った金を用意したにもかかわらず、先方の反応は薄かった。いや、むしろ関わり合いを避けられたというべきか。

それでも縋って金も積み、どうにか聞き出せたのは「町方の家族に手を出した疑いがある以上、南北いずれにかかわらず、助力はできない」という回答だった。

ごく一部の例外を除き、どんな悪党であってもそこまでは手を出さない「暗黙の了解」とも称すべき一線がある。己を捕縛《ほばく》にかかった町方に刃向かうならまだしも、その町方の家族にまで手を出すのは悪党たちの間でも禁じ手だと考えられていた。

悪党にだってやっていいことと悪いことを分別《ふんべつ》する良心の欠片《かけら》ぐらいはあるし、「そっちがその気なら」と悪事には全く手を染めていない自分の親兄弟や女房子供まで情け容赦のない目に遭わされるわけにはいかないのだから。

鷲巣屋の主金右衛門は、そこを完全に見誤ったのである──己が、悪党の中でも「ごく一部の例外」に属するがために。

「こんなときに、梅吉《あいつ》はどこへ行ったんだろうねぇ」

思わず愚痴《ぐち》が零れた。

裄沢を監視させ、可能ならひと泡吹かせるために放《はな》っていた梅吉は、あの茜という娘を騙して人質に取り、裄沢を誘《おび》き出す餌《えさ》としたところで鷲巣屋に戻り、その報告を金右衛門に上げて姿を消した。

裄沢がそれでどうなったかまで確かめた上での報告が聞きたかったが、「これ以上張り付いたままでいて、万が一にも気づかれてはお見世のためになりませんと言われてしまえば得心するよりない。梅吉の姿を裄沢の目に曝してしまったのは、他でもない自分なのだから。

いったん見世から離れて姿を晦《くら》ますのも、「発覚した場合のことを考えての用心」となれば仕方がないことだった。

しかし、報告を聞いてどんなザマになるのか楽しみにしていた裄沢は、どうやったのか無事にあんな難局を切り抜けたようだ。そればかりでなく、もし怪しまれても証がないゆえ手出しはできまいと高を括っていたところ、思いも掛けぬ手立てでこの鷲巣屋に迫ってきた。

このような事態を招いた責めを負わせようにも、梅吉はいない。とはいえ、「どんな手を使ってでもいいから、早くあの町方を痛い目に」と命じたのは自分だし、それに応じた梅吉の手立てを聞かされて満足を覚えたことも確かだったのだ。

金右衛門は裄沢を呼びつけた際に、梅吉のことを「己の右腕」と紹介した。表の仕事以外は頼りにならない番頭どもとは違って裏の働きもそつなくこなす梅吉は、金右衛門にとって正《まさ》しく無くてはならない存在だ。

と同時に梅吉は、金右衛門に鷲巣屋をやらせている表には出ない御仁からここへ送られてきた男でもあった。

――もしかして。

こたび裄沢を狙い失敗って以来、一つの憂《うれ》いが金右衛門の頭を過《よ》ぎるようになっていた。

――梅吉《あの男》は、どこまでもあたしに忠実に仕えてはいたが、そうした役割だけを与えられていたわけではないんじゃないか。

そんな、漠然とした不安だ。

――いや、考えすぎだ。あたしは、全幅の信頼を得てこのお江戸を任されているのだから。

そう己に言い聞かせ、波立つ心を落ち着かせる。

「ずいぶんと大変なことになってるようだな」

不意に、背後から声が掛かった。

己以外に誰もいないはずの部屋へ、許しも得ずに奉公人が入ってくることなどあり得ないはずなのに。

驚いて振り向いた金右衛門の目に、ここにはいるはずのない人物の姿が映った。陽に焼けた黒い肌で巨軀《きょく》、魁偉《かいい》な容貌、そしてひと睨みで相手を射殺《いころ》せるほどに鋭い目つき。

「お頭《かしら》……どうして、ここに」

驚く金右衛門に、お頭と呼ばれた男は潮《しお》に傷《いた》められた掠《かす》れ声で返す。

「お前がヘマをやったようだったからな」

瞬時に己の身に危機が迫っていると察した金右衛門は、咄嗟《とっさ》に弁解を口にした。

「大したことではありません。町方がちょっとした嫌がらせをしてきておりますが、何、それ以上のことができるはずもありません。なにしろ、証になるような物は何もないのですからな。今やっている嫌がらせだって、いつまでも続けるわけにはいかないはずですから、もう少し我慢していればそのうちに収まるはずです」

できるだけ、自信ありげに聞こえるように言上《ごんじょう》した。

が、お頭は表情一つ変えなかった。

「すぐに収まるか――けど、もはやそんな悠長《ゆうちょう》なことも言ってられなくなったようだ」

「？」

「運んできた荷に町方が目をつけたろう」

「ああ、高積見廻りが荷積みに文句を言ってきたことですか。あんなもの、すぐにどうとでも対処できます」

即座に返答したが、首を振られた。

「そうじゃねえ。小舟で運んできた荷を荷上場《にあげば》に下ろしたとき、市中取締諸色調掛とかいう町方が、『この荷を江戸まで運んできた船は何てえ名でどこに泊まってる』って訊いてきたそうだ。

船頭はよく知らねえって誤魔化したそうだが、そこまで手が回ってきたならもういけねえ。この見世も大金掛けて用立てたのに、まともに儲けが出る前に終わっちまったようだなぁ」

お頭は見世の造りを見上げながら淡々と述べた。

「そんな……まだやりようは――」

「いや、こんなとっから足がつくワケにゃあいかねえ。無論のことお前にゃあ、益体《やくたい》もねえドジ踏んだ責めは取ってもらうぜ」

自ら船に飛び込んできてそのまま干涸《ひから》びた小魚を見るような目で金右衛門を見てくる。

と、お頭の陰に隠れていたのか、背後から男が一人姿を現した。

「梅吉……」

「だから、上手くいったって見世のためになるワケじゃないのに、手を出すようなことはしないほうがいいって言ったでしょ。まあ、あのへなちょこ役人があっしのお膳立てした切所《せっしょ》をあっさり切り抜けたのは、思いもしない番狂わせでしたけど」

以前とは違って馴れ馴れしい口ぶりだが、その目は笑っていなかった。

金右衛門は思わず一歩後退《あとずさ》る。

「あーあ、割といい見世だったのにねぇ」

梅吉が、いかにも残念だというふうに声を漏らした。

十一

裄沢が踏み込んだ鷲巣屋の奥には、二人の町方装束の男が立っていた。周囲には、小者や岡っ引《おかび》き、その子分らしき男どもの姿も見える。

「お呼びと伺い参上しました」

裄沢の声に振り向いた町方装束二人は、この地を受け持つ定町廻りの西田小文吾と、西田と組むことの多い臨時廻りの柊壮太郎である。

「おう、仕事中に悪《わり》いな」

西田が裄沢の声に応じ、脇へ退《ど》いた。

西田らが立っている座敷の奥、隣の座敷との境の鴨居《かもい》から、大きな物が一つぶら下がっているのが見えた。

鴨居に巻き付けられた縄は短く、すぐにぶら下げられた物体の首へとつながっている。それなりに背丈《タッパ》のある物体はさほど持ち上げられているわけではなく、ダラリと伸びた爪先は足下の畳につきそうになっていた。

そのそばに、なぜか血塗《ちまみ》れの出刃包丁《でばぼうちょう》が一本転がっている。

裄沢は、足を進めながら問う。

「鷲巣屋の、金右衛門ですか」

「ああ、間違いねえな」

つい何日か前、当の金右衛門と話をしたばかりの西田が答えた。

内役でしかない裄沢が、仕事の途中に抜け出して人死にの現場までやってきたのは、内与力の深元からの指図による。深元からは、ただ「鷲巣屋で騒ぎがあったゆえ、先行している西田に会ってこい」と言われただけだった。

ある程度のことは覚悟していたものの、こんなことになっているとは思ってもいなかった。

なお、鷲巣屋への探索と揺さぶりの件は、臨時廻りの室町から深元に報告され了解を得ていた。深元からお奉行へも知らされたはずだが、追加の指示は出されなかったのでそのままお奉行にも了承されたのであろう。

室町から報告を受けたとき、深元はより大きく奉行所の面々を動かそうと検討した様子があった。それを止めたのも、室町である。

「関谷さんのほうへのご配慮もなされたほうがよろしいのでは。内与力のお方のほうもお役の交替があったばかりですし」

室町の言う「内与力のお役の交替」とは、内与力に任ぜられたばかりの倉島がお役を免ぜられ、ただのお奉行の家臣に立場を戻したことを指す。倉島は、配下となった同心を己の恣意《しい》で振り回した挙句《あげく》に独断で奉行所から放逐しようとし、町方の与力同心全てを敵に回しかけたのだった。

そんなことがあったばかりなのに、公になってしまえば娘の将来に暗雲が立ち籠めることになる同心への配慮を欠くとどうなるか――室町の指摘に、反論しかけた深元は口を噤んだのである。

そうして、西田らによる「必要最低限の人数で、ごく内密な探索」は認められたのだ。

「どういう状況ですか」

裄沢が、こちらに背を向けている首縊《くびく》りの死人《ホトケ》へ目をやりながら問う。これには、柊が応じた。

「主の金右衛門は見てのとおりだ」

「足下の包丁にはずいぶんと血がついているようですが」

単についているというだけでなく、包丁から滴《したた》り落ちた血で畳が赤く染まっている。

柊が溜息をついた。

「裏の蔵ん中で、ここの三人いる番頭が全部、刺されて死んでる。みんな正面から胸をひと突きだ」

「主の金右衛門がやったと？」

「そいで、手前《てめえ》は首ぃ括った、てえのが見た目の有りようだな——けど、三人も刺し殺したにしちゃあ、死人さんの姿が綺麗すぎる。右手こそ血で汚れてるが、袖口にも着物の前身頃《まえみごろ》にも、顔にだって返り血の一滴もついちゃいねえってのは、どう考えても不自然だ」

何かあると思ったわけではないが、裄沢は座敷の中をぐるりと見回した。

「死んでいるのは、四人だけですか」

「台所で住み込みの下働きが二人、こっちは首ぃ締められて事切れてた」

「他の奉公人は？」

「江戸《こっち》で雇った小僧どもは朝一番で叩き起こされて、このごろ姿の見えなかった手代の梅吉って野郎から『本日は臨時の棚卸《たなおろ》しんなったから見世は開けねえし、お前らがいると邪魔だ。夕刻まで戻ってくるな』って外へおっ放《ぽ》り出されたそうだ。朝飯も食わしてもらえねえまま小遣い銭だけ握らされたんだと。行くとこもねえからってんで怒られんのを覚悟で午過《ひるす》ぎに戻ってきた子を、ようやく捉めえて事情を聞いたとこさ。

それ以外の野郎は影も形もねえ。みんなどっかへ失せちまったようだな」

「……殺《や》ったのは、消えた奉公人たちですかね」

「手代と小僧、合わせて十人以上はいたはずだ。六人も死んでる上にそんだけの者がさらに殺されたりどっかへ連れてかれたりしたなら、さすがに大騒ぎになってるはずだけど、朝に見世からおん出されたほうの小僧どもは何にも気づいちゃいなかった。本日陽が昇っても見世を開ける気配がねえとなるまで、周りも不思議に思った者《もな》ぁいなかったようだな。

　主含めた六人に実際手ぇ下したのが何人いたか知らねえが、みんな仲間《グル》で一緒にこっから逃《ふ》けたってなぁ、まず間違いねえだろうな」

　柊の返答に西田が付け加える。

「蔵で番頭が三人とも殺されてるって柊さんが言ったけど、その蔵ん中ぁほとんど空だ。俺らじゃあちゃんとした見分けはつかねえが、めぼしい商品《しな》はみんな持ち出されてるだろうよ。無論、金もほとんど残されちゃいねえ——周りに気づかれることなくここまでのことをやる。ずいぶんと手際がいい連中だぜ」

「商家の奉公人にしては、手慣れている？」

　そう口にした裄沢には、既視感があった。

　自分が代理で定町廻りを勤めていたころ、軽業《かるわざ》の見世物一座を隠《かく》れ蓑《みの》にして盗人《ぬすつと》を働いていた一味がいた。疑わしい者らの見当をつけて、一座が興行していた土地を受け持つ定町廻りに調べを頼んだのだが、気配を察してまんまと逃げられてしまった。

その一味は人殺しこそしなかったものの、裏稼業に関わっていない座員を置き去りにし、小屋を蛻《もぬけ》の殻《から》にして消え失せてしまったのだ。こたびの奉公人らの失踪に、そのときの連中の鮮やかな逃亡の仕方とどこか似た印象を受けたのだった。

——ただし、残忍さだけは大きく違う。先の盗人一味の首魁《しゆかい》は、俺に刃を向けようとはしたものの誰の命も取ろうとはしていなかった。

己の考えに沈み込んでいた裄沢の耳に、西田の声が飛び込んできた。

「やっぱり、お前さんの思いつきが正しかったのかもしれねえな」

「いまだ証はありませんよ」

そう応じた裄沢に、柊も口を挟む。

「けど、あの人数だ。手配は掛けたが、もし逃げた痕跡すら見つからねえとすると——」

摂津から連れてきた連中ばかりだとすると、小僧であっても十五を過ぎていておかしくはない。手代も含め、歳がいっていて三十手前ほどだろう。

そんな年代の男ばかり十人を超える集団が、しかも蔵を空にするほどの荷を持って江戸を出ようとしたならば、必ず足がつくはずだ。大量の荷をどこか隠すような場所がたとえあったとしても、さすがにここまでのことをした後となれば、何を措《お》いても逃げるのを優先したはずなのだ。

——であってもなお、どこへ失せたのか全く不明だとすると。

「海ですか……」

裄沢のひと言に、柊は「ああよ」と頷いた。

「昨日、新たな荷が届いたようだったからな——とすりゃあ、そいつを運んできた船が、内海《うちうみ》（江戸湾）のどっかに泊まってたはずだ」

それに乗って夜陰《やいん》に紛《まぎ》れ出港すれば、確かに誰にも知られず江戸から離れられるかもしれなかった。

鷲巣屋がわざわざ料理茶屋へ裄沢を呼び出して仲間にせんと誘ったとき、その言いようはどうにも単に商家の主が町方役人を取り込もうというだけとは受け止められなかった。

茜を攫ったのが裄沢らが断じたように鷲巣屋の手代であるなら、そのやり口もただの手代ができることとは思えない。

では、鷲巣屋の主やその手代とは、いったい何者なのか？

「海賊？」

室町、西田、柊とともに今後の探索の進め方を話し合ったとき、鷲巣屋を疑う根拠を問われた裄沢の返答を柊が訊き直した。

「はい、確証などは一つもありませんが。海賊、あるいは海賊を仲間とする一味の片割れかもしれないと考えました」

常識に囚われない裄沢の発想に何度も直面させられたことのある室町が、呆気に取られる柊らをよそに己の意見を述べる。

「海賊かどうかはともかく、確かに鷲巣屋の陰に賊がいるなら、裄沢を引っ張り込めりゃあ町方の動きを逐一《ちくいち》知れるから大いに都合はよかろうがな」

「本業が海賊で、いっとき見世を手伝いに来てる野郎が手代やってたなら、その辺の破落戸程度は簡単にあしらった上で手懐けてたっておかしかねえか……」

立ち直った西田もそう納得する。

無言で聞いていた柊が、疑問を口にした。

「まぁそんな野郎どもだったとしたら、裄沢さんがこたび直面した諸々《もろもろ》にいちおうの筋は通るかもしれねえが、しかしなんで海賊なんだ？　そこまで絞り込んだなあどういう考えからだい」

「あるいはそうかもしれないという程度の話なのですが、この見世が評判になったのは、様々な高級生地で潮を被ったような物を多数取り揃えていると聞いたものですから」

「確かに海賊やって自分が襲った船から奪った戦利品なら、潮を被ったような品も多数出るだろうからな。けど、それだけじゃあちょいと根拠が薄かねえか？」

「はい、そういった格落ち品には、越後《えちご》（新潟）の小千谷縮や加賀友禅、京の西陣織など様々な土地の品が数多く揃っているということでした」

これには、西田が「ああ、そんな話をしたな」と同意する。

「ところが、鷲巣屋は江戸では小口の取引ばかりで、仕入れは専《もっぱ》ら上方で行っていたはずだという話です」

「……そいつも、確かにおいらが言ってたことだ。それで？」

「越後や加賀（石川）の品で潮を被ってしまった物を、上方で仕入れられるのは判ります。しかし、京の織物でそのような状態の品が、果たして上方の問屋からさほどに多く仕入れられるでしょうか」

この時代の海運だと、北陸以西の物資の多くは本州の西端から関門海峡《かんもんかいきょう》を抜け瀬戸内海《せとないかい》を通り、大坂《おおさか》を経由して紀伊半島《きいはんとう》を越え江戸に着く航路を採っていた。越後や加賀で積み込まれた品ならば、その後の日本海や瀬戸内で海難事故に遭い潮を被って大坂に至るということは十分考えられる。しかし、京の織物は淀《よど》川《がわ》を経て大坂に届き、そこで川船から回船などに積み替えられるので、その間に水に浸かるような事故が起こることはほとんど考えられない。

もし大坂を出た後の海難事故で積み荷が潮を被ったとすると、東海や伊豆《いず》半島でのことが多かろうが、値のつかなくなった品がわざわざ上方まで戻されるであろうか。「越後や加賀の反物ならばともかく、京の事故品を上方で十分仕入れられるのか？」というのが裄沢の覚えた疑問だった。

「……海賊、しかも伊豆辺りに巣くってるような連中なら、そんなになっちまった物が手許に残るか」

「綺麗なまま分捕《ぶんど》れたものも含め、これまで強奪した品を捌《さば》くのに使っていた先があるはずです。そうした連中を仲間に取り込めていたなら、他から潮を被ったような品を集めることもできたと思います」

潮を被ったような品で表には出せない物を手にするのは、何も海賊ばかりではない。海水に浸っても無事に湊《みなと》まで着けば荷主が自身で処分することができるが、海難事故で難破し漂着したような場合には、土地の者が荷を極秘に収得して船は隠してしまうということも行われた。

　そうして不正に得られた品も、裏の業者を通じて捌かれたのだ。

　裄沢が指摘したのは、もし鷲巣屋の背後にいる海賊がこうした裏の業者を取り込んでいれば、自分らが襲った船以外の荷も集められたはずということだった。


　当時のことを思い出しながら、柊はポツリと呟いた。

「こうなってみると、西田さんの言うようにやっぱり裄沢さんの考えは的《まと》を射《い》ていたとしか思えなくなってくるな――しかしもしそうなら、連中が手に入れてるなあ反物だけじゃねえってことにならねえか？」

「鷲巣屋は、とりあえずの試しとして反物を扱わせたのではないでしょうか」

「このまんまおいらたちが見逃してたら、やがては他の品も同様に堂々見世ぇ開いて売り捌かれてたってかい」

「俺の考えが当を得ていたなら、もうやっているのかもしれませんが――しかしもしそうであっても、これからしばらくは鳴《な》りを潜《ひそ》めて様子伺いに徹するのではないかと思います」

「ならしばらくは、急に閉めたか休み始めたような見世があるかどうか、気にしといたほうがいいな——で、どうするよ。海賊かもしれねえってとこまで深元様に話しちゃいねえけど、こうなっちまったら打ち明けねえわけにゃあいかねえんじゃねえか」

柊の指摘に西田は考え込む。

「あまりにも荒唐無稽《こうとうむけい》な考えゆえ、俺が話すのを止めていたと言ってもらって構いません」

「おい裄沢さん、でもそれじゃあ——」

「いまだ、確証は何もないままです。報告を受けたお奉行とて手許に留めておくだけで、正式に幕閣《うえ》に上げるような話にはなりますまい」

裄沢の判断に、廻り方の二人は互いに顔を見合わせた。

第三話　秋霜《しゅうそう》

一

　夕刻。一日の市中見回りを終えて北町奉行所へ戻ってきた定町廻りの佐久間弁《さくまべん》蔵《ぞう》は、お濠に架かる呉服橋の手前で、同じ北町奉行所の同心である見延《みのべ》とばったり出くわした。

　俯き加減で歩いてきた見延は、佐久間の姿を見つけて驚いた顔になる。ついで、なにか魂胆がありそうな目つきに変わった。

「佐久間さんか」

「ああよ」

「お供もつけずに独りかい」

　見延がこのような問いを発したのは、市中巡回の際に生じる雑用の類を任せる他、何かあったときには連絡に走らせるのへお供を用いるものだからだ。定町廻りや臨時廻りが、一人きりで市中巡回を行うということはない。

「ああ、おいらは御用聞きを供として使ってるから、こんなところまで連れてきたりはしねえ。適当なとこで帰らせるのさ」

佐久間の持ち場は赤坂《あかさか》などの城南《じようなん》方面だから、江戸城《おしろ》の東側に位置する北町奉行所からは距離がある。供につける御用聞きは、当然佐久間の担当地域の中に縄張りを持つ者らなので、あまり縄張りから離れたところまで連れ回すことはしないのだった。

他人に関心の薄い佐久間には珍しい気遣いに見えるが、御用聞きたちにあまり面倒な思いをさせては本来の仕事に差し支《さつか》えかねないと考えてのことだ。他人を思いやってというより、あくまでも自身が仕事を上手くこなしていくための処世術なのだ。

佐久間は相手にせずに会話を短く終えると、そのまま奉行所へ向かおうとする。

「なんでえ、もう行っちまうってかい。そう冷たくするもんじゃねえぜ」

見延が横に並び掛けながら絡んできた。

とある同心の生意気さに反発し、あるいは己が出世するための障碍《しょうがい》になるなどといった理由から、佐久間や見延は他の仲間と結託し、この目障《めざわ》りな同心の排除を図った。この同心の行動が問題視されるよう一計を案じたところが、発生した騒ぎが自分らの想定を大きく上回ってしまったばかりでなく、それが自分ら一味の仕業《しわざ》であることまで一部露見してしまった。

幸いにもすぐには悪巧《わるだく》みの仲間だとバレなかった佐久間らは、そのまま嵐が過ぎ去るまで頭を低くしてじっと耐えようとしていたのだ。

ところが責を問われることになったのは、悪巧みの実行に際して一番目立った人物一人だけでは済まなかった。

表面上は単なるお役替えとされているが、次に処罰を受けたのがこの見延だったのである。吟味方同心であった見延は、牢屋敷見廻《ろうやしきみまわ》りにお役を転じられた。

牢屋敷見廻りの定員は与力一人、同心が二人。小伝馬町《こでんまちょう》の牢屋敷を差配する獄卒《ごくそつ》（牢屋奉行）の石出帯刀《いしでたてわき》とその配下を、上位機関である町奉行所の立場から管理監督するのが仕事となる。

とはいえ、牢屋敷見廻り同心の実際の仕事といえば、獄卒の配下である牢屋同心の牢内見廻りに同道したり、牢問《ろうど》い（牢屋敷でのみ執行が許される責め問い）

や敲《たた》きなどの刑罰の立ち会いをしたりといった、己で主体的に動くことより他人の勤めぶりを見守るような地味で陰鬱《いんうつ》なものになる。

与力の補佐とはいえ、訴えや捕縛した咎人の吟味とお裁きを司《つかさど》り、咎人に自白を迫り供述を取るという、ある意味最も町奉行所らしい仕事に従事する吟味方とは仕事の張り合いが違った。世間の目も奉行所内での格付けでも、両者の間には雲泥《うんでい》の差があるのだ。

見延がそのような仕儀《しぎ》に相《あい》なったとはいえ、佐久間はまだ処罰の対象とはされていない。できるだけ目立たぬようにしていたいし、であれば見延と親しく話しているところを他の与力同心に目撃されるようなことは避けたかった。

――マズいな。けど、どうする……。

すでに奉行所へ戻ってくる外役の何人かの目には触れてしまっているが、他人行儀に接して「深い関わりなどない」と態度で示すぐらいしか思いつく手立てがない。

佐久間は立ち止まり、見延と正対した。

「おいらに何か、御用がお有りか」

ともに悪巧みをしていたころとは全く違う態度を取ってきた佐久間に、見延は薄く笑った。

「そうツンケンしねえで、世間話の一つぐれえ付き合ってくれてもいいじゃねえか」

見延はすでにお咎めを受けている。一方の佐久間にはまだ調べが及んでいないのか、いまだ放置されていた。

見延はそれが気に入らないのであろう。己が出世街道からはずれたのは当人から見ても明らかなことから、自棄《やけ》になっていてもおかしくはない。

――処分が下る前は手前《てめえ》だって亀の子みてえにずっと頭ぁ引っ込めてたくせに、己が見っかっちまったら他の仲間も同じ窮地に引きずり込もうってかい。

見延の身勝手さに、佐久間は内心大いに腹を立てた。が、ここでそれを指摘して言い争いになったりしては目も当てられない。

この場は、辟易《へきえき》した見延のほうから切り上げたくなるよう仕向けるのが上策だろう。

「世間話かい――そういやお前さん、新しい仕事のほうはどうだい」

「……どうも何も、仕事は仕事だ」

触れられたくないところに言及されて、見延の顔から笑みが消えた。

「小伝馬町のほうから流れてきた噂だとお前さん、見習い同心にやるみてえに、いっぺんは斬首を経験してみろって周りの連中に勧められたんだって?」

町方同心は業務経験を積む中で、牢屋敷で行われる斬首刑を一度自分で執行させられるという説があるが、これは獄卒配下の牢屋同心に求められることの誤伝である。ただし、町方の見習いは先輩同心などからこのように脅しつけられ、からかわれるようなことはあったかもしれない。

ちなみに牢屋同心が課された実際の義務のほうだが、尻込みをする者や上手くできない者が頻出《ひんしゅつ》し、御様御用《おためしごよう》の山田浅右衛門《やまだあさえもん》などに礼金を払って代わってもらう事例が少なからずあったらしい。

「そんなことはされておらぬ」

見延は仏頂面で答えてきた。

牢屋敷見廻りの仕事には刑罰の立ち会いも含まれると書いたが、その中には当然斬首や火焙《ひあぶ》りなどの処刑も含まれる。実際に佐久間が耳にした噂は、見延が土壇場《どたんば》で咎人の首が落とされるところを目にして卒倒したというものだった。

卒倒というのはさすがに誇張があるかもしれないが、斬首を見せられて気分が悪くなり、その場で嘔吐《おうと》したとかそこから逃げ出したぐらいのことはあったのだろう。当人も、噂になっているという自覚があるから嫌な顔をしたのだ。

これで黙るかと思われた見延だったが、何を思いついたか己のほうでも話題を提供してきた。

「町方同心に斬首を経験しろってえなぁ意地の悪い先達の脅しにすぎねえが、そういや昔、それを真《ま》に受《う》けて実際にやった野郎がいたって年寄りの牢屋同心が言ってたぜ」

早々に切り上げたいが、自分のほうから話をやめようとしても見延は逃がしてはくれまい。

佐久間は、「ほう」とのみ応じた。

「一人はお前さんとおんなし定町廻りの来合だ。顔色一つ変えることなく、後ろ手に縛られて紙の目隠しを垂らした下手人《げしゅにん》（死罪）の男をバッサリいったそうだ」

無骨な大男の来合は剣術の達者とのことで、佐久間よりずっと歳下ながら、こちらを怯《ひる》ませるほどの迫力がある。あの男なら、さもあろうと思わせるだけの押し出しを備えていた。

見延は奇妙な微笑を浮かべながらさらに語る。

「もう一人は、来合と幼馴染みの裄沢だ」

その言葉に、佐久間は顔が引《ひ》き攣《つ》りそうになるのを懸命に堪《こら》える。佐久間らが追い落とそうと悪巧みを仕掛け、そして返り討ちに遭った相手こそがその裄沢なのだ。

不用意に反応しそうになった自分を認めがたくて、佐久間は反論を口にした。

「まさか。腕っ節のほうはからっきしなあいつが、そんなことをやれるはずがねえ」

佐久間の言葉に、見延は頷く。

「ああ、水を向けられた裄沢は、『そんな腕はないから、自分が手を出したら斬られる罪人に余計な苦しみを与えてしまう』って、きっぱり断ったそうだ。焚きつけた野郎がせせら嗤ってることなんぞ、いっさい気にも掛けずにな」

やはり、と佐久間はなぜかほっとするものを覚えたが、見延の話はそれで終わりではなかった。

「で、その裄沢だが、死罪で首ぃ斬られた死骸《オロク》が新刀の様斬《ためしぎ》りにされるところまでしっかり見届けた後、その死骸が片付けられんとするところを止めて、己も斬りつけようとしたそうだ」

江戸期の死刑にはいくつか種類があったが、磔《はりつけ》や火焙りなど小塚原《こづかっぱら》や鈴ヶ森《すずがもり》の刑場まで引き回されて執行される「重い死刑」までには至らない、牢屋敷の土壇場での斬首だけで三つに分かれていた。

一番軽いのが「下手人」で、この刑に処された死体は家族など引き取り手がいれば下げ渡しがなされた。次の「死罪」だと、処刑後の死体は様斬りに利用されることがあり、死体は打ち捨てにされる。さらに「獄門」となった咎人は、打たれた首を刑場の獄門台に晒す恥辱刑《ちじょくけい》が加えられた。

「裄沢は『俺にこれをさせんとしたは度胸をつけさせるためだろうが、ならばこれでも足りるであろう』って言ったそうだが、さすがに様斬りした死骸をそれ以上傷つけるなぁ死人《ホトケ》の尊厳を汚すことだって周りから制止が掛かった。面白がって裄沢を焚きつけた野郎はそんな裄沢を見て、手前のほうが真っ青んなってたって話だ」

「まさか、そんなことが……」

たとえ斬首が決まった罪人とはいえ、己の手で人の命を奪うには相応の覚悟がいる。それとは別種ながら、首がなくなっているばかりでなく体が大きく傷つけられ臓腑《ぞうふ》もはみ出し、濃密な血の臭いにそれとは違った汚臭も入り混じって辺り一面に漂っているような遺体へ、刀を振るおうと近づくのにはやはり相当な胆力が必要なはずだ。

おそらくは作り話であろうと思いながら、あの裄沢ならあり得ないこととは断ぜられないという気にもなっている。

「内与力を二人も飛ばしたこって、町奉行所《ごばんしょ》ん中じゃあ誰もが裄沢に気ぃ遣ってるそうじゃねえか。それを知った商人どもからの引き合いも凄《すげ》えっていうしな」

見延は佐久間を観察するように言葉を切ったが、佐久間からの応えはなかった。

「じゃあな、俺は行くぜ」

もうこれ以上ものを言っても仕方がないと思ったのか、その場から去ろうと足を進め始めた見延を、佐久間は黙って見送った。

自分らがこれほどの苦境に立たされる原因となった裄沢の名をあえて出したのは、いまだ処罰がなされていない佐久間に己の現状を意識させようという、底意地の悪い当てつけであろう。実際佐久間は、裄沢の話を聞かされて上手く言葉を返せなくなったのだ。

すでに処断が下されて開き直った者の強みであろうか。以前はあれほどビクビクしていた男が、佐久間の挑発に同じ挑発で返してくるほどの性根を示した。そこに現状を打開できるほどの強さはなかろうが、少なくとも耐え忍んで生き延びようとする気力を垣間見《かいまみ》せた。

——対して、己はどうか。

まだまだ余裕があるふりを取《と》り繕《つくろ》って、見延を弄《いら》うようなもの言いをすることで強がった。しかし、思いも掛けぬ反撃を受けると、とたんに何も言えぬまま口を閉ざしてしまう……。

——俺は、怯《おび》えているのか。

同じ悪巧みをした一味の中で、内与力であった古藤は以前の悪さも発覚したらしく、お奉行の家臣であるという身分まで取り上げられて姿を消した。見延はあのとおり、吟味方という陽の当たるお役から陽の目を見ることのない牢屋敷見廻りへと左遷された。

町会所掛《まちかいしよかかり》同心の大竹《おおたけ》は、病《やまい》と称して自身の組屋敷に引っ込んだまま、勤め先である北町奉行所《きたのごばんしよ》にはこのところ顔すら出していない。噂によると、これまでの仕事ぶりも勘案した結果、「平癒《へいゆ》の見込みがなければ隠居《いんきよ》を」という勧告が近々なされるそうだ。

いまだそれらしい気配もないのは、定町廻り同心である自分と、町火消人足《まちびけしにんそく》改《あらため》与力である寺本《てらもと》の二人だけだ。

——どうしようもねえほどに追い詰められたってか。

佐久間は己が陥《おちい》っている今の状況を嗤った。

こんなことに手を染めていなければ、定町廻りというお役こそ失っていたかもしれないが、廻り方を勤めた者としてそれ相応のお役が新たに用意されたはずだった。

それが、表沙汰にはならなかったもののお奉行をはじめとする町奉行所の上《うえ》つ方《かた》に嫌悪されるような所業《しよぎよう》がバレ、打ち捨てられようとしているのだ。

——見延が牢屋敷見廻りとなると、おいらは養生所《ようじようしよ》見廻りか、あるいは人足《にんそく》寄場掛《よせばがかり》あたりだろうか……。

小石川《こいしかわ》養生所は江戸城の北北西の方角《い》、外濠《そとぼり》をなす神田川からもかなり離れた場所になる。今から四年ほど前まで火付盗賊改《ひつけとうぞくあらため》を勤めていた長谷川平蔵《はせがわへいぞう》の献策《けんさく》で設置された人足寄場があるのは、大川のド真ん中に位置し舟を使わないと行き着けない石川島《いしかわじま》だ。

いずれも、町方役人にとっては「島流し」とも言えるような遠隔の勤務地であった。陽の目を見ないという意味では、実際の距離よりずっと離れた場所だという感覚に陥るようなところなのだ。

──いや、まだ大丈夫だ。調べの手は、俺まで及んじゃいねえ。

そう己に言い聞かせるが、胸の内には消しようのない不安が蟠《わだかま》っている。

──もし、あいつがペラペラとみんな喋っちまったら、己の将来は完全に閉ざされちまうのか……。

佐久間の脳裏《のうり》には、悪巧みをしていた際に裄沢の動静を探らせるべく手懐けた一人の男の姿が、焦燥《しょうそう》を伴って鮮明に浮かんでいた。

二

「おい、裄沢っ」

ただでさえ迫力のある大男が、眦《まなじり》を吊り上げて迫ってきた。裄沢が驚きも怯えもしなかったのは、この男相手に何度も同じ目に遭っているからにすぎない。

「どうしたい、そんなに血相《けっそう》を変えて」

裄沢はノンビリと応じる。それが、相手の大男──幼馴染みの来合にはどうにも気に食わなかったようだ。

「どうしたもこうしたもあるか。聞いたぞ。あんな大ごとが起こってるなら、なぜ俺を呼ばなかった」

「おいら」が「俺」になっている。それだけ気が立っているということのようだ。

裄沢は返事をする前に、周囲に視線を巡らせた。

場所は八丁堀でも裄沢の住まう組屋敷の近く。刻限は夕刻、町奉行所での勤めを終えて帰ってきたところだ。

裄沢は直近の数カ月の間にこの近くで二度ほど襲われかけた——というか、そのうちの一度は実際に襲われた——のであるから、こんなところで待ち伏せされたら過剰な反応をしてもおかしくはなかった。そうならなかったのは、この大男が隠れる素振りもなく路上に突っ立っていたためだ。

まあ、町奉行所の表門辺りで網を張っていなかったのは、この男なりに気を遣ってくれたからだろう。褒めてもいいのだが、図に乗りそうな気がしたからやめておく。

「こんなところじゃナンだ。話があるなら我が家《うち》へ寄っていくか」

来合の言っている「大ごと」が、佐久間らによる悪巧みのことなのか、あるいは茜が攫われて裄沢が奔走《ほんそう》させられた一件のほうなのかは不明だが、いずれにせよ簡単に説明が済む話ではない。

ちなみに来合は、裄沢が自分の代理で定町廻りをやっていたときに商家のぐれた息子が死んだ一件に関わったことは知っているが、その背後で画策されていた悪巧みについては知らされていなかった。怪我の養生中であったこともあるが、そんな話を聞かされたら町奉行所の中で方々へ怒鳴り込んでいくようなマネをしかねなかったからだ。

——来合に告げたなぁ、室町さんあたりかな。

来合とごく親しい裄沢が関わったことだから、いつまでも黙っているわけにはいかない。ならば、そろそろほとぼりも冷めたろうということで、顔色を覗《うかが》いながら恐る恐る話したであろうところが目に浮かんだ。

裄沢の誘いに、来合は「……ああ」と合意する。どうやら、この直情径行な大男も落ち着いてきたようだ。

「美也さんには、断ってるのか。全部話すとなると、それなりにときは掛かるぞ」

「……お前のところの重次を使いに出してくれりゃあいい」

「せっかく夕飯の支度をして待っててくれてんのに、冷めちまうってガッカリさせることとんなるぜ」

「お前から話を聞き出すことより晩飯を優先したら、そっちのほうが怒られる」

ぶっきらぼうな応えが返ってきて、裄沢は吹き出しそうになった。

——この傍若無人《ぼうじやくぶじん》な大男が、元大奥女中の手弱女《たおやめ》の尻に敷かれてるってかい。

ただし、指摘して揶揄《からか》うのは思い留まる。そんなことをすれば、有無を言わさず殴られるのが目に見えているからだ。

——さて、話を聞いたこいつが突っ走ったりしないように、どう宥《なだ》めながら話を進めていけばいいか。

美也との祝言を成功させて以来、来合の裄沢への感謝は度を超す勢いがいまだ収まっていない。頭の痛いことだと思いながら、裄沢は自身の組屋敷へ向け足を踏み出した。

※

江戸城の南西側《ひつじさる》、外濠を湛《たた》える水はまるで流れがないようで、風の穏やかな日はいつ覗いても凪《な》いだ水面が落ち着いた表情を見せている。それは、この辺りでお濠の幅が急に太くなる溜池《ためいけ》と呼ばれる場所でも変わらない。

ある日そこに、見慣れぬ大きなものが浮かんだ。もうすぐ南へ帰っていく水鳥たちは、いつものように水面《みなも》に浮かびただ羽を休めているだけだったが、陽も高くなり始めて通りかかる者が増え、そのうちの誰かがふと目にした光景に違和を覚えたときから騒動になった。

どこから持ち出してきたのか長い竿《さお》が伸ばされて、水面に浮かぶものへと当てられ岸辺へ引き寄せようとされる。浮いたものが逃げるように動くのでなかなか上手くはいかなかったが、風の向きが変わり浮いたものを岸へ寄せる力が働いたことで、どうにか竿を持つ者の努力が実った。

岸辺まで引き寄せられたものは、顔を顰《しか》めた男たちの手によって陸《おか》へと引き上げられる。それを、口や鼻を手拭で覆《おお》った侍があまり近づこうともせずに見ていた。

「土左衛門《どざえもん》（溺死人《できしにん》）のようでやすね」

手拭で口や鼻を覆う町方装束の男に、岸へ死体を引き上げる指図をしていた岡っ引きが告げる。

「酔っ払いが誤って落ちたか」

「まあ、小便しようと縁《ふち》まで下りて足ぃ滑らしたってのが一番ありそうですけどね」

「じゃあ、斬られた傷や首を絞めたような跡はねえんだな」

「へえ——番屋にでも運んで詳しく調べねえと、はっきりしたことまでは言えやせんけど」

「あれを番屋に運び込むって？」

町方装束の男は信じられぬことを聞いたという顔になる。死人が出たときにはいったん運び込む先となる番屋であっても腐乱死体は歓迎されないし、何よりそんなことをすれば、町役人《ちようやくにん》らの目もある中での調べになるから、この町方装束の男が直々《じきじき》に確かめねばならなくなるのだ。

返答に窮する岡っ引きへ、町方装束の男が別の問いを発した。

「で、どこの誰だか判ったのかい」

「いえ、見つかったばかりですから。けど、あんだけ水に浸かってふやけてる上に腐って膨らんでおりやすから、人相から判るってのはあんまり期待はできねえと思いやす。

それと、死んでからそこそこ日にちは経ってるはずですけど、あっしのとこにゃあ誰かがいなくなったなんて話は一つも入ってきてはおりやせん。持ち物から当人を辿れるような物でも出てこねえ限り、どこの誰か調べ出すなぁ、なかなか難しいでしょうねえ」

「なら、持ち物があるかどうかだけ調べて、なきゃあ無縁仏だな」

「へえ……それでよろしいんで？」

「傷や絞めた跡なんぞの不審な点はねえ、届けもなくってどこの誰かも判らねえってんじゃ、他にやりようがねえだろう」

岡っ引きには、町方役人の決めたことに逆らう力はないし逆らう気もない。

「へえ」とのみ返事をして、死体を引き上げた下《した》っ引《ぴ》きどもへどう指図するか、この後の段取りを考え始めた。

三

北町奉行所内では並みいる与力ばかりでなく古株で煩型《うるさがた》の同心まで皆が気を遣うとの評判を聞き、多くの商人が様々な伝手《つて》を頼ってどうにか誼を通じようとした裄沢だったが、当人が全く関心を示さないことに商人どもが気づくと、騒々《そうぞう》しい気配は潮《しお》が引くように去っていった。

そうしてようやく常の日々が戻ってきたと裄沢が気を落ち着けたのも束《つか》の間《ま》、内与力の深元に呼ばれて己の仕事場である御用部屋から連れ出された。

内与力に呼び出されたことの中に、今までいい思い出はない。いつも面倒ごとに巻き込まれてばかりだった。

――こたびは、何用だろうか。

一番考えられるのは、見世の主が首を吊っているのが見つかり番頭らを殺して無理心中を図ったように見せかけられた鷲巣屋の一件であろう。

しかしながら、この一件における鷲巣屋との関わり合いは裄沢が発端となり、北町奉行所の面々が様々な探りの手を入れたことから生じたようにも思われるとはいえ、裄沢自身はその探索にはいっさい手を出していない。

詳しい報告は実際に探索の手配をした廻り方の室町、柊、西田の三人から上がっているはずで、今さら裄沢が問われても答えられることは何もないように思われる。

先を歩く深元にそのあたりのことを問いたいが、目的の場所に着くまで何も答えは得られないだろうと諦めた。

行く先は、今目の前を歩く深元をはじめ、古藤、倉島と三人の内与力（当時）にそれぞれ連れ込まれた御用部屋奥の小部屋かと思ったが、深元はその前を通り過ぎる。

では内座の間か、とますます嫌な予感は強くなったものの、そうではあるまいと思い直した。

内座の間はお奉行が奉行所内の仕事以外の執務をする場だから、そこへ連れていかれるとするとお奉行が呼んでいることになるが、まだ午前《ひるまえ》でお奉行はお城に上がったままのはずなのだ。

――ではどこへ。

と思っていると、深元は内座の間の手前の次《つぎ》の間《ま》を左手に見て、正面の襖を開けた。

――ここは……。

お奉行が月番の際に南北両奉行所の打ち合わせに使う内寄合座敷《うちよりあいざしき》の、手前に設えられた控《ひか》えの間《ま》だった。もう新たな月に入るところだから、内寄合座敷で行う今月の打ち合わせは三回ともすでに終わっており、しばらくは本来目的で使われることのない部屋だ。

――確か、倉島様が内与力からはずされる前、深元様とやり合った場所だと聞いたところ。

なぜそんな部屋に自分を連れてきたのかと深元の顔を覗ったが、深元は無表情のまま「入れ」と促してきただけだった。

断れるはずもなく、裄沢は黙って指図に従う。

部屋の中には、すでに二人の者がいた。その取り合わせに、裄沢は一瞬目を疑った。

一人は新任ながらお奉行である小田切家の家令を永年勤めてもいる内与力の唐家だったから、深元と同席してもおかしくはない。ただ、現在二人しかいない内与力が雁首《がんくび》揃えて裄沢の前に並ぶということになると、よほど重要な話がされると覚悟すべきだろう。

問題はもう一人の人物。いっとき裄沢が代理で定町廻りを勤めた時期にそれまでよりは話をする機会が増えたものの、裄沢とはあまり接点のない男だった。

与力同心の下でお供その他の雑用を勤める小者、その取りまとめを行う頭格《かしらかく》の善三《ぜんぞう》だった。

「何をしておる。突っ立っておらずに座らぬか」

後から入ってきた深元が裄沢の横をすり抜け、正面の唐家の隣に座した。善三は二人の横合いで遠慮がちに少し間を開けて座っている。

裄沢は、二人の内与力を正面に見る下座《しもざ》に着いた。

「よく来てくれたの」

唐家が、いつもの穏やかな口調で述べた。

「これは、どういうお集まりにございましょうか」

裄沢が単刀直入に疑問を口にする。

ふむ、と喉の奥で唸《うな》った唐家が、視線を一瞬だけ善三のほうに向けてから戻した。

「この者を、存じておるか」

問い掛ける唐家は、いつもの好々爺然《こうこうやぜん》とした口ぶりから、怜悧《れいり》な家令や内与力らしい表情と言葉つきに変わっていた。

自分のことが話題に出た善三は、わずかに低頭する。裄沢は簡潔に答えた。

「小者を取りまとめている善三にございましょう」

「知っておるならば紹介は要らぬな——実は、この者から報せを受けての」

「小者が一人、行方知《ゆきがたし》れずになった」

桁沢は無言で目を細めた。

唐家の言が事実ならば捨て置けぬことではあるものの、内与力が、しかも二人揃って取り沙汰するほどのことかという疑問がある。もしこれが探索絡みか何かで生じたことならば、ただの内役の同心が一人でこのような場に連れてこられた意味が判らなかった。

「そなたも存じおる者よ」

「……誰にございますか」

「大松《だいまつ》という者じゃそうな」

唐家は淡々と告げてきた。聞かされた桁沢は、ますます顔を曇らせる。

大松は、桁沢が臨時で定町廻りを勤めたとき、何度か供についたことのある小者だ。怠け者で気が利かず桁沢の手を焼かせたが、ただそれだけではなかった。

桁沢の仕事の邪魔をして蹴落とそうとした一味の口車に乗せられ、市中見廻りをする桁沢の一挙手一投足《いっきょしゅいっとうそく》を逐一連中に告げるような背信行為をしていたのだ。

結局、一味の悪巧みは事前に桁沢に察知され、実際には仲裁前に起こった不幸な出来事の責任を押しつける先として一味が利用される結果となった。件《くだん》の商家の評判の下落は最低限で済み、無用の縄付きも出すことなく収まったのである。一つ間違えば町奉行所に重大な損害を与えかねなかったとして悪巧みをした一味が厳しい目を向けられるようになったことを除くと、全てが丸く収まったのだった。

大松は、その一味の一人として奉行所に目をつけられていた。なぜか裄沢も、当人から「肩身の狭い思いをしている」という愚痴を聞かされたが、身から出た錆《さび》でとうてい気の毒には思えず、無論救いの手を差し伸べるようなこともしなかった。

――その大松が、行方知れず……。

「それがしもこのごろの大松の状況はいくらか耳にしておりますが、仕事が嫌になって自ら失せたということは」

裄沢の問いに、唐家は頷いた。

「善三らも、最初はそう思っていたそうな」

「最初は？」

無言で見やった唐家の促しに、善三が口を開く。

「へえ。ふっつりと姿を見せなくなったもんですから、こりゃあ居づらくなって逃げ出したんだろうとばっかり思ってやした。ところが、情けない話で申し訳ねえですけど、あっしら小者の中に手癖の悪い野郎がいるのが見つかりまして」

小者は町方役人の手足となって働く者らだが、だからといって皆が誠実で正義感に溢《あふ》れているというわけではない。あくどい岡っ引きと変わるところなく、商家などに押し掛けては小遣い銭をせびっていくような人物も少なからず存在した。

いやむしろ、少なくとも見かけ上は町奉行所という権力の後《うし》ろ楯《だて》を得ている上、捕り物が荒事《あらごと》となった際には同心に先んじて立ち向かっていくだけの腕と度胸がある者たちだから、些細な悪事にも手を出さないような律儀者《りちぎもの》のほうが少数なのかもしれない。

「手癖が悪いとは」

裄沢の確認に、善三が返答する。

「要するに、人目につかないところで仲間内からも無断で拝借《はいしゃく》するようなことを平気でやっていたようで。そいつがちょうど手を出したところにバッタリ出くわした者がおりやして、ようやく捕まえたのでございますが。

これまでどれほどの悪事を重ねてきたか、吟味方の皆さんにお力添えをいただいて厳しく問い詰めましたところ、姿の見えなくなった大松の行李《こうり》の底からも金を盗んでいたことを白状しました。額としてはようやく小粒銀《こつぶぎん》（計量銀貨）が一つ二つ入ってたぐれえで大したことはなかったようですが、それでも大松のような男にとっては大金のはずです」

「嫌になって無断で小者を辞めたなら、その金を残していくはずはないか」

「へえ。よくよく考えりゃあ、わずかとはいえ行李に着る物を残してたのも、己で失せたにしちゃあおかしなことでした」

善三は、気づかなかったことを省《かえり》みて悄気返《しょげかえ》っていた。

「で、大松が姿を見せなくなったのは」

「もともとみんなに好かれるような性格《たち》じゃなかったことに加えて、このごろはあっしらなんぞから普段よりずっと厳しく当たられてましたんで、誰も寄りつこうとはしてませんで。それに、当人もふらっと二、三日姿を見せなくなっていつの間にか舞い戻ってきては怒られてるようなところもございましたし。

そういうわけであまりはっきりとはしないのですが、おおよそ十日から半月ほど前ではなかろうかと」

上からの当たりがきついとは、当人の口から裄沢も聞いていた。裄沢を目当てにした悪巧みの件で大松が果たした役割について、善三もことの経緯を知る誰かから、そっと耳打ちを受けたなどということがあったのだろう。

ここまでのやり取りを黙って聞いていた二人の内与力に、裄沢は目を向けた。

「大松のことについては確かに承りましたが、このような場を設けてそれがしに知らせたのはどういうわけでございますか」

裄沢の問いに答える前に、深元が善三へ「お前はもうよい」と退席するよう促した。深々と頭を下げてから腰を上げた善三は、場違いなところからようやく抜け出せるとホッとした顔をしていた。

善三が襖を閉めて去っていく気配を確かめてから、深元が口を開いた。

「今話を聞いて判るだろうが、大松は行方《ゆくえ》が判らなくなったというだけで、誰かに害されたとか囚われて閉じ込められているなどという、はっきりした疑いがあるわけではない。あのような男、いなくなってくれればむしろサッパリするほどだから、町奉行所の中がいつもどおりであれば誰も気にせずそのまま放置されていたやもしれぬ」

深元は「だったかもしれない」という言い方をしたが、裄沢は普段であればおそらくそうなったであろうという確信に近い所感を持っている。

　裄沢の内心を忖度《そんたく》することなく、深元は話を続ける。

「しかし、今の北町奉行所がいつもどおりとは言い切れぬ状況にあるのは、そなたも存じおるところであろう」

「大松の行方知れずをそのまま放置はできないということですか」

「いかにも」

　今の北町奉行所が置かれた状況、そして末端とはいえ大松もこれに関与しているという事実を勘案すれば、そのまま放置できないという深元の考えも理解はできる。ただし理解できるだけであって、それに己が関わらされそうなことには反発と憤りを覚えた。

「それと、それがしとどのような関わりが？　それがしに、大松の行方を捜せということにございましょうか」

　深元は、チラリと自身の隣に座る唐家を見る。それを受けて、唐家が返答を口にした。

「あるいはそうなるやもしれぬが、大事なのは別なことよ」

四

そこまで語っても口を開かない裄沢へ、仕方なしに言葉を続ける。

「もし大松が何か大事に遭っていたとしたら、あるいはそれは、この町奉行所の者によって為されたことやもしれぬという疑いが生ずる。そうした疑いが生じかねぬ限りは、我らはそれをきちんと把握しておかねばならぬ」

「それを把握せねばならぬこととそれがしとの関わりについては、まだご説明をいただいておりませんが」

深元が溜息をついた。

「はっきり言わねば駄目か」

「それがしが求めたは、納得がいくようなご説明のみにございます。それがなされるなら、たとえどのようなものでも文句はありません」

唐家が深元に告げる。

「深元。ことを曖昧にしたままで事情を察せよと言うは、さすがに都合がよすぎる。いくらこの者が判っていることであろうと——いや、判っていることであるからこそ、肚を割って我らの考えをあからさまに示すべきであろう」

深元が反論せぬのを見て、裄沢に視線を向け直した唐家が話し始めた。

「率直に言う。我らが案じておるのは、行方知れずになった大松が、実は秘かに定町廻りの佐久間に始末されたのではないかということ。もしこの疑念が当を得ており、かつまた我らが何の手も打たぬうちにその事実が発覚したとなれば、この北町奉行所全体を揺るがすほどの大騒動になる」

北町奉行所の廻り方が己の悪事を隠蔽《いんぺい》するために、その悪事に加担させた奉行所の奉公人を始末したとなれば、幕閣が放置しておくことは考えられず、確かに大きな騒動となろう。お奉行も譴責《けんせき》を受け、場合によっては辞任を迫られることになるかもしれない。

「そのようなことになるやもしれぬという危うい状況は、つい最近生じたことではなかったように存じますが。そうした危惧を、皆様はこれまでお持ちでなかったということでしょうか」

これには、事態が生じた当初から内与力であった深元が答えた。

「佐久間も廻り方なれば、そこまで馬鹿なマネはすまいという思い込みが我らにあったことは否定せぬ。しかしながら、連中の不始末についてわずかでも我らが

気づいていない点があると佐久間が考えていたとは、思いも寄らぬことであった

――もし我らが全てを知っておるという考えがあの男の頭にあったならば、大松に手を出すのが大悪手《だいあくしゅ》だと判らぬはずはないからの」

「……今まで手をつけずにそのまま放置していたことが、そうした勘違いを生んだのでは、とはお考えになりませぬのか」

裄沢の指摘に、深元は苦い顔になる。

「あるいはそうやもしれん。一人ずつ間をおいて処罰をしていったほうが、連中にはいいお灸《きゅう》になるという考えがなかったとは言わぬ。

しかしながら一人一人の処罰に間を空けたのは、対象が五人もおったゆえ、そうせねば後任の手当てがつかず町奉行所の仕事に支障が出かねなかったため。かような事態を迎えた今であっても、これより他にやりようはなかったと考えておる」

深元の話を聞いて、裄沢は溜息をついた。

佐久間を含む全員に釘だけでも刺しておけばこのような疑念が生ずる事態にはならなかったかもしれないが、さすがに譴責をして謹慎《きんしん》も命じないというわけにはいかない。ならば、深元が懸念をしたように後任の手当てがつかず奉行所の仕

事は混乱を来《きた》したであろう。

「お話は判りました。が、それでそれがしにどうしろと？　大松の行方知れずが佐久間どのの手によって起こされたことかどうかをもし調べるのであれば、それは廻り方の仕事では」

　この問いには、唐家が応じた。

「その佐久間も現役の廻り方じゃ。大松が実際どのようになっておるのか不明なままである以上、我らが佐久間に掛けているのは根拠の薄いただの疑いでしかない。ゆえに、今の時点で佐久間をお役からはずすことはできぬ。すると廻り方が廻り方を調べることとなり、さすがに支障が生じかねぬのだ」

　この言葉に、深元が附言《ふげん》する。

「ご改革の折に、隠密廻りが同僚の定町廻りや臨時廻りの勤めぶりを探らせられたときの有り様は、そなたとて知らぬわけではあるまい」

　深元の言う「ご改革」とは、ときの老中首座・松平定信《まつだいらさだのぶ》が主導した寛政《かんせい》の改革のことである。定信は質素倹約《しっそけんやく》・贅沢禁止《ぜいたくきんし》を庶民層にも厳しく求め、違反者の摘発を町方役人らに行わせた。

　しかし、それまでの幕政方針を大きく転換する政策をわずかの猶予もなく強行することに問題意識を持った町方も、少なからずいたのである。意識的、もしくは無意識的な抵抗や、命令履行《りこう》への消極的な態度により、定信の改革方針は主導した当人がとうてい満足できない程度にしか浸透しなかった。

これに対し定信は、定町廻りや臨時廻りがきちんと自身の仕事をこなしているかを、別の者を使い監視させることまで断行した。この監視役には目付《めつけ》配下の徒《かち》目付《めつけ》や小人目付《こびとめつけ》だけでなく、同じ町奉行所の仲間であるはずの隠密廻りも動員されたのだ。

さらに、その隠密廻りに対して徒目付や小人目付を秘かに尾行させ、本来仲間である定町廻りや臨時廻りの監視を怠りなく行っているかを確認させた。「隠密の隠密」——そう呼ばれる者らが己を見張っているとなれば、どんな指図であれ手心を加え適当に流す、などということはできない。

当然、こんなことをすれば奉行所内の雰囲気は悪くなる。互いに疑心暗鬼《ぎしんあんき》に陥る者らが現れ、所内の士気《しごとば》は少なからず低下したのだった。

深元が口にしたのは、当時の再現への懸念である——いやむしろ、同じ廻り方を調べることになって当時の状況が再現されかねないことに怯み、佐久間を調べるはずの廻り方の手が緩むことを案じたのかもしれない。

裄沢は、深元らの考えを理解しながらも己の意見をはっきりと述べる。

「お話は理解しました——しかしながら、佐久間どののことを調べる人物としては、それがしも不適切かと存じます」

「ほう、なぜそう思う」

唐家が興味深そうな顔で問うてきた。

「こたびの一件の発端は、佐久間どのらがそれがしの存在を疎《うと》ましく思い、排除を図ろうとしたこと。言わば、それがしと佐久間どのは対立する関係にあります。

そのような者が調べたのでは、どのような悪意や偏見を持つか、判ったものではございません。ゆえに、それがしは適任とは言えぬと申し上げました」

「自らそうした気配りを申し出る者が、不公正な調べをすることはあるまい」

深元の言葉に、裄沢は反論する。

「こたびそれがしが方々から向けられた悪意は、とても笑って済ませられるようなものではありませんでした。それがしにすれば、その悪意の向けようは理不尽なものでしたから、当然少なからぬ憤りや怒りを覚えております。

すなわち、それがし当人が公正に扱おうとの意識でことに当たっても、知らぬうちに偏《かたよ》った見方での調べを行ってしまう懼《おそ》れが少なからずあるということです。

そしてもう一つ、たとえそれがしが公正な調べをした結果、佐久間どのが大松に手を下した疑いが濃厚という結論を得たとして、果たしてそれを知った周囲の皆様方が正しい調べであったか疑念を持たれずに済みましょうや。さような調べの有りようは、お裁きを主管する町方としては悪手中の悪手。絶対に回避すべきかと存じます」

唐家と顔を見合わせた深元が、裄沢に視線を戻して言う。

「そなたが偏見をもって佐久間を断罪するとは、我らも殿（北町奉行・小田切直年のこと。内与力は幕臣ではなく小田切家の家来のため、内々の場ではこのように呼ぶ）も考えもせぬが、たとえそなたが怖れるようなことになったとしても、それは佐久間の犯した罪の結果。さように佐久間が断罪されるのであれば、それはそれでいっこうに構わぬ」

「それはしかし……」

「あの者らは、一つ間違えれば北町奉行所を大きく揺るがすほどの騒ぎを起こしたのだ。その上で、さらにこのような面倒ごとが起こった――ならばその尻は、どのようなものとなろうとも佐久間に持ってもらうよりない」

断言した深元から唐家に視線を移したが、唐家は無言のままであった。完全に同意しているかはともかく、反対意見はないということになろう。

裄沢は、おもむろに口を開いた。

「では、佐久間どのと一緒に、それがしも罰を受けるということになりますな」

無表情な中にわずかな疑問を浮かべる深元へ続ける。

「それがしがどのような調べをしても、己独りの恨みから恣意で断罪を行ったと周囲より誹《そし》りを受けることになりかねぬのですから。周囲からのそうした目は、それがしへの罰にございましょう?」

「そう受け取ってもらっても構わぬ。なにせそなたは、佐久間らの策謀が行われたのを利用して、お奉行をはじめ我らに正しくはない報告を上げ、それを認めさせたのだからの」

深元の断言に、裄沢は目を瞑《つぶ》った。

己のやったことに後悔はない。もう一度同じ場面に遭遇《そうぐう》すれば、躊躇うことなくまた同じことを繰り返すであろう。

しかし、深元の言もまた事実である。そこに罪があるならば、甘んじて受けることも又己には避けられないという思いはずっと持っていた。

裄沢が承諾を口にする前に、唐家がこれまでよりも穏やかな口調になって語り掛けてきた。

「もしそなたがどうしても断ると言うのであれば、放置はできぬゆえやはり廻り方に探ってもらうことになろうの。では誰に頼むかとなれば、仲間を探ることにも、かつて起こった『仲間を探ったことによる軋轢《あつれき》』にも臆《おく》さぬ人物――できるならば若手で、一本気なほどに気性のしっかりした者がよいであろうの」

唐家の言葉を聞きながら、裄沢の頭には一人の人物が浮かんでいた。この奉行所で――いや、己の知る辺《べ》の中で最も親しい、幼馴染みの大男。そしてただ今現在、裄沢に必要以上に恩義を感じている者。

――あいつが探索を打診されたら即座に引き受け、まっしぐらに突き進んでいくだろう。「感情に任せ罪をでっち上げたのでは」などという周囲の非難はいっさい気に掛けようとすることなく……。

どうやらここへ連れてこられるより前、すでに外濠も内濠もすっかり埋められていたようだった。

裄沢は、大きく息を吐いた。

「承知仕《つかまつ》りました。そのご依頼、それがしが引き受けましょう」

諦め顔で仕方なく言い切った裄沢へ、唐家は満足げに頷いた。

五

その日、ほんの少々仕事を早めに切り上げた裄沢は、呉服橋を渡ると自宅のある八丁堀へは向かわず、お濠沿いに南へ下っていった。日本橋南を抜け京橋《きようばし》の突端に架かる土橋《どばし》を渡って二葉町《ふたばちよう》に至る。

そこで裄沢は、久しぶりに訪れた一杯飲み屋の縄暖簾《なわのれん》を潜《くぐ》った。

飲み屋が賑わうにはまだ少々刻限が早いような気もするが、入った見世はすでにそこそこの客の入りがあった。

いらっしゃい、と新たな客へ声を掛けてきた小女が、「あら」という表情になる。定町廻りから内役へと転じて足が遠のくまで、そうたびたびやってきたわけではないが、それでも顔は憶えられていたようだ。

裄沢は、席へ案内しようと近づいてきた小女に声を掛けた。

「客の中に、仲神道《なかじんみち》の元締《もとじめ》のところの者はいるだろうか」

すると、仲間内で賑やかに飲んでいた一角が静かになり、町方装束の裄沢を覗う様子になった。裄沢に問われた小女の視線も、そちらへ向けられている。

裄沢は穏やかな表情でそちらへ顔を向けると、ゆったりと話し掛ける。

「そなたら、もし仲神道の元締のところの者なら、悪いが三吉《さんきち》への伝言を頼まれてはくれぬか」

三吉は、かつて奉行所の小者をしていた男であった。やむにやまれぬ事情から奉行所内で盗みを働き、自らそれを告白して赦され、去っていったという過去を持つ。

三吉が捕まらなかったのはお奉行が情けを掛けたからだが、その際に当の盗みの探索を請け負っていた裄沢にも過大な恩義を感じた様子があった。

奉行所を辞めた三吉を拾ったのが、仲神道の以蔵《いぞう》という、香具師《やし》の元締だったのだ。以蔵は三吉に、奉行所での恩を返せる機会があったなら遠慮なくそちらに力を尽くせと命じたと聞いた。

そして三吉は、裄沢が代理で定町廻りを勤めていた間、手先となって探索の労を取ってくれた。三吉の働きがなければ、廻り方としての裄沢の働きはずっと低調なものに終わっていたであろう。

こたび、新たに内密な探索を引き受けるにあたり、裄沢自身はどこからどう手をつけるべきか全く見当がついていなかった。有り体《あてい》に言えば、三吉に頼る以外には一つも方策が浮かばなかったのだ。

裄沢に話し掛けられた男の一人が、恐る恐る問い返してきた。

「八丁堀の旦那は、もしかして裄沢様で？」

「ああ、存じておるなら話が早い。三吉に、『かつてのようにここへやってくるから、都合がついたときにできたら顔を出してほしい』と伝えてもらいたい」

自らの行いで北町奉行所を辞めるに至った三吉は、奉行所や町方役人が住まう八丁堀へ足を向けるのを遠慮していた。そこで日を決めて、用があるときは裄沢がここへ顔を出すということにしていたのだ。

その決めごとも、本来の定町廻りである来合が復帰して裄沢が廻り方からはずれるときに解消していた。こたびは、一時的にそれを復活したいと伝えに来たことになる。

裄沢の用件を聞いた一人が腰を浮かせた。

「三吉の哥ぃ《あに》なら、今日は天徳寺《てんとくじ》の門前町へ来てるはずで。ちょいと行って、呼んできまさぁ」

「いや、そう急ぐ話でもない。せっかく楽しんでいるところを邪魔しては悪いから、そなたらが帰ったときに伝えてくれればよいぞ」

裄沢はそう断ったのだが、男は「なに、すぐそこですから」と急いで出ていってしまった。

「仕事終わりで寛いでいるところへ、水を注《さ》して済まんの」

裄沢は残った男たちにも謝ったが、「どうかお気になさらず」と気持ちよく返事をしてくれた。

三吉は、四半刻ほどで駆けつけてくれた。

「お久しぶりにございます」

「仕事中だったのであろう。呼びつけて、申し訳ないことをした」

「いえ、もう段取りは終わって雑談をしているところでしたから——で、本日は?」

「ああ、また頼みごとができた。相談に乗ってもらいたい」

その言葉に三吉は真剣な顔になって、隅の人のいない場所へ裄沢を誘《いざな》った。新たな席に酒食も並び、二人ともに腰を落ち着けて、三吉が口火を切る。

「では、お伺い致しやしょう」

「俺が代理で定町廻りになってそなたに助けられていたころ、『小者らは先達だったそなたの頼みは断りづらいものだが、それで御番所の外の者に話が漏れたのでは連中が問題にされかねぬので、やめておけ』と言ったことがあったな」

「へえ、承っておりやす」

「しかし、その前言を覆《くつがえ》さねばならなくなったようだ」

そう前置きをして、裄沢は順を追って話をしていった。

裄沢の邪魔立てをして評判を落とそうという佐久間らの悪巧みを察知し裄沢に教えてくれたのは三吉だったが、その後の経緯についてはきちんと説明していなかった。

裄沢だけでなく、裄沢の対処に同意したお奉行が通常とは違う始末のつけ方を認めたからだ。三吉のことを信頼しているとはいえ、さすがにもう奉行所を辞めている上、元の身分も小者であった者に打ち明けられる話ではなかった。

その部分は飛ばして、現在の大松の行方知れずと奉行所の懸念について述べた。

三吉は邪魔立ての成り行きについて疑念を覚えたかもしれないが、裄沢が口にしないことについては触れようとはしなかった。

説明を終えて裄沢が口を閉ざすと、いくらか考え込んでいた三吉が話し始める。

「お話はだいたい判りやした。裄沢様が前言を翻すとおっしゃったのは、あっしに小者らから大松のことを訊き出せということでございやしょう」

大松の行方知れずに果たして本当に佐久間が関わっているのかどうか、それを探るための第一歩として、大松の失踪が本人の意志によるものかどうかを今よりも高い確度で推定できたほうがいい。

頷いた裄沢に、三吉は言った。

「話を聞くとなれば、大松とわずかでも親しい付き合いをしていた連中となりますが、大松ほどではなくとも似たり寄ったりの者どもです。裄沢さまや小者の頭格が何かを尋ねても行儀のいい返事しかしてこねえでしょうけど、あっしが呼び出して問うても似たような答えしか返ってこねえと思われやす」

「そうか……しかし、今はそれしか手立てがない。まともな話が聞けぬならそれでも仕方がないから、ともかくやってみてはくれぬか。それと、そうした連中以外からも聞き出せることがあるやもしれぬ。与十次《よそじ》をはじめ他の者についても、できる範囲でざっと当たってみてくれるとありがたい」

与十次も北町奉行所の小者で、裄沢が定町廻りをしていたときに供についてくれることが一番多かった男だ。大松とは違い、真面目な若者だった。

「へい、承知をしておりやす。ですが、先ほど述べたとおり、あんまり期待はしねえでやっておくんなさい」

三吉にしては珍しく、前向きな応えが返ってこなかった。

その後、互いの近況などの話をしてから、裄沢は席を立った。三吉は、来合が十年越しの恋を実らせて妻《めと》を娶ったと聞いて目を丸くしていた。

「裄沢様、御馳走様でございやした」

裄沢と三吉が話をし出してから、それまでよりも静かに飲んでいた三吉の弟分たちが、帰ろうとする裄沢に挨拶してきた。迷惑と手間を掛けた分、連中の飲《の》み代《しろ》を裄沢が持ったのだ。

「気にするな、こちらこそ助かった。これからも何か頼むことがあるかもしれぬゆえ、そのときはまた手を貸してくれるとありがたい」

そう言い置き、裄沢は見世を出た。

大松のことを聞かされ気の重くなる仕事を押しつけられた鬱屈《うっくつ》が、気持ちのよい男たちと関わっていくらか軽くなった気がした。

六

裄沢は、三吉に聞き込みを委《ゆだ》ねてからも御用部屋でのいつもの仕事に従事していた。定町廻りの佐久間に掛けられた嫌疑が単なる疑念に留まっている以上、派手な動きをすれば北町奉行所内に無用の混乱をもたらすだけである。

であるからには、佐久間が大松の行方知れずと何か関わりがあるか調べよと言われても、三吉から新たな知らせが届かなければ、これからどう動くべきかを決める取っ掛かりすらなかったのだ。

三吉にこの件を任せて数日後。仕事を終えて組屋敷に帰る裄沢を待ち伏せる者がいた。裄沢は、海賊橋《かいぞくばし》を渡り八丁堀に入ったところにある坂本町《さかもとちよう》という町家で声を掛けられた。

「おい、裄沢さんよ」

見やれば、盆栽《ぼんさい》などを扱う小見世の植木屋の陰に一人の男が立っている。気が進まぬながら裄沢が調べなければならなくなった当の相手、佐久間だった。

裄沢がいっときそうなる前から同役の定町廻りをしていた人物だから、当然言葉を交わしたことはある。しかし親しく接したことはなく、佐久間らの「悪巧み」以降はほとんど顔を合わせることもなかった。

その相手が、こちらを待ち伏せてまで、何かを言ってこようとしている。

裄沢は、表情を変えることなく自分を呼んだ相手へ近づいた。

「これは佐久間さん。このようなところで、どうしました」

問い掛けられた佐久間は、裄沢を誘うようにわずかに身を引いた。

おそらくは、同じ道を帰ってくる町方の連中の目に留《と》まらぬよう、植木棚《うえきだな》の陰に隠れようとしたのだろう。しかし、裄沢は佐久間の動きに乗らず、その場に立ったままだった。

佐久間は、わずかに顔を歪めて舌打ちしたようだった。無言で返事を待つ裄沢へ、ようやく応えを返した。

「お前さん、何か陰でコソコソ探ってるようだな」

「はて。俺はいつものとおり、御用部屋の仕事をしているだけですが。いったい何のことでしょうか」

真面目な顔をして空惚《そらとぼ》けてみたが、裄沢自身は動いていないから丸っきり嘘というわけでもない。

佐久間は、暗い目で裄沢を睨《ね》め上げてきた。

「御番所を辞めた元の小者を使って、何やら嗅《か》ぎ回ってるらしいじゃねえか」

顔には出さなかったものの、三吉の動きが佐久間に伝わっているというのは驚きだった。狷介《けんかい》な佐久間はあまり人付き合いがよくないというばかりでなく、己より下の者は見下すような人物だと思っていたからだ。

市中見廻りの供に奉行所の小者ではなく、ところの岡っ引きを用いるのも、下手な使い方をすれば小者の頭格を通じて苦情が上がってくることが一因であるはずだった。

――こんな男に、三吉が小者から話を聞いているという噂がどこから伝わったのか。

考えられるとすれば、三吉から聴取を受けた「わずかでも大松と親しかった、似たり寄ったりの男ども」が、いくらかでも小遣い稼《かせ》ぎになればと思って佐久間に接近した、というぐらいであろうか。

しかしもしそうだとすると、佐久間が大松を手懐けていたことは小者の間で周知の事実だったことになる。まあ大松ならば、定町廻りのお気に入りになったことを周りへ自慢げに吹聴《ふいちょう》していてもおかしくはないが。

ところで佐久間が三吉の動きを知ったのを、どのような考えから裄沢と関連づけたのか。裄沢が臨時で定町廻りをやっていたとき三吉が手先を勤めてくれていたことは、室町あたりならばともかく、佐久間に勘づかれていたとは思えない。

おそらくは自身に反感を持つ者として、当てずっぽうで八つ当たり気味の鎌《かま》を掛けてきたのだろう。だとしたら、惚けきれるはずである。

そのように頭を巡らせていることは顔に出さず、裄沢は佐久間へ平然と反問した。

「心当たりがありませんが、佐久間さんは、俺が佐久間さんのことを調べさせているとでも言うのですか？」

問われた佐久間の顔が、今度は明らかに歪んだ。

実際に三吉が調べているのは大松のことだ。ここで佐久間が肯定すれば、自分で大松との関わり合いを認めたことになる。

「何やってんだか知らねえが、余計なことへ手出しするなぁ大概にしとけって言ってんだ」

脅すような威迫《いはく》を籠めて吐き捨ててきた。

「先ほどから意味の判らないことを言われている気がするのですが、余計なことは何ですか。何か佐久間さんに都合の悪いことでもあるのでしょうか」

突っ撥《ぱ》ねられた佐久間は、今度ははっきりと睨みつけてきた。

「偶々《たまたま》上手く凌《しの》げたからって、いい気になってんじゃねえぞ。あんまり調子に乗ってやがると、そのうちに足を掬《すく》われることになるかもしれねえぜ」

上手く凌げたというのは、佐久間らが裄沢に仕掛けた悪巧みのことであろう。はっきり脅しと受け取れる言葉にも、裄沢は堂々と返す。

「ご忠告、ありがとうございます。肝《きも》に銘《めい》じておきましょう」

佐久間の顔が再び三度《みたび》歪む。裄沢の毅然《きぜん》とした態度に動じたということもあろうが、己の放った言葉が裄沢の皮肉により、そのまま自分に返されたと感じたのかもしれない。

佐久間はそれ以上は何も口にせず、くるりと身を翻して足早に去っていった。

裄沢はその場に足を止めたまま、遠ざかる佐久間の背をしばらく見送っていた。

翌日は、三吉と定時の連絡を取り合うとして定めた日だった。二葉町の一杯飲み屋に顔を出した裄沢は、すでに中で待っていた三吉の姿を見つけて安堵した。

「何も変わりはなかったか」

小女へ注文を告げてすぐに問うた裄沢の態度に、三吉は違和を覚えた。

「どうかなさいやしたか」

裄沢は、前日の佐久間とのやり取りを三吉に話した。

「すぐに何かしてくるとはさすがに考えなかったが、それでも気に掛かったゆえ。今後はそちらにも気をつけてくれ」

実際には、佐久間が大松を探られるのへ気を立てているのは、単に悪巧みへの自分の関与が白日《はくじつ》の下《もと》に曝《さら》されるのを嫌がっているからだろうと裄沢は思っていた。

己が手を下したがため、その周辺を嗅ぎ回る行為に嚙みつくというのは臆病《おくびよう》風《かぜ》に吹かれる小悪党が自身の犯行を自ら認めるような行為であって、問題ある人物にせよ廻り方まで勤めるほどの者には、どうにも似つかわしくない。

が、慎重は期しておくべきだから、このような忠告となった。

裄沢からの言葉に、三吉は太々《ふてぶて》しい顔になる。

「手を出してきたなら却って幸いってなもんで。そんなことをしたら、あのお人と大松が危《ヤバ》いところで深く関わってるって、手前から白状するようなモンですから」

「三吉——」

「承知しておりやす。あんな野郎が差し向けてくるような有象無象《うぞうむぞう》なら、手を出されたって簡単にやられるようなことはございやせん——ご心配いただき、ありがたく存じます」

三吉がキッチリと頭を下げてきた。

「本当に気をつけてくれ——それはともかく、これまでの聞き込みで何か判ったことはあったか」

問われた三吉は顔を曇らせる。

「あんまり大したことはございませんで。ただ、大松が自分から姿を消したワケじゃなさそうだっていうのは、おおよそ皆の考えが一致しているように思われやした——と言っても、大松の行李から小銭を盗んだ不届者《ふとどきもの》がいたって話が広まったためのようですから、裄沢様にお話を伺ったところから探索が前に進んだとはとても言えやせんが」

自嘲《じちょう》混じりの報告に、裄沢は理解を示す。

「しばらく前の出来事についてざっと当たっただけとなれば、やむを得ぬことだ。それより、今後同じようなことを続けて、何か進展があると思うか」

「……正直なところ、難しゅうございます。大松と割と親しかった者らについては、やはりまともな聞き取りにはなりませんでしたし、それ以外の者となると、さらに知っていることは少なくなりますので」

「となると、何か別の手立てを考えねばならなくなるか……」

悩む様子の裄沢に、三吉が言う。

「これは、佐久間様が実際に大松を手に掛けていたときしか通用しないでしょうけれど、その佐久間様を焚きつけてみるというのはどうでやしょう」

思い掛けぬ提案に、裄沢は三吉をひたりと見た。

「そなたを囮《おとり》として、佐久間さんに罠《わな》を仕掛けよと？」

「邪《よこしま》な考えで裄沢様を陥《おとしい》れようとした者らの一人です。何をやったとて、引け目を感じるような要はございません」

「いや、そなたを無用に危ない目に遭わせるつもりはない」

「その程度のことなど、どうとでも切り抜けてご覧に入れます」

ここにも、来合とは違った意味で、己を犠牲にしてでも裄沢の役に立とうとする者がいた。裄沢は、説得の筋道を考えながらゆっくりと口を開く。

「仮に佐久間さんが大松を手に掛けたとしようか。そのために大松のことを探られるのに過敏になっているとすれば、これ以上疑いが持たれることにならぬよう、己の振る舞いにはずいぶんと慎重になっているはずだ。なれば並大抵のことでは動かぬはず。

するとと佐久間さんを動かすには、動かずにはいられないほどに強い煽《あお》り方が必要となる。もしもそんな段取りが用意できたとして、では佐久間さんが大松の行方知れずとはいっさい関わりがなかったときに、そのような煽りを目の当《ま》たりにして動かずにおられようか。何もやってはいなかったのに我らのせいで動いたとなれば、それは我らが濡《ぬ》れ衣《ぎぬ》を着せたことになろう」

じっと傾聴する三吉の目を見ながら、裄沢は続けた。

「我らがやらねばならぬのは、佐久間さんが大松の行方知れずに関わりがあるかどうかを確かめることであって、それ以上でも以下でもない。目的を間違わぬようにせぬとな」

裄沢は、内与力二人がいる席で「佐久間がすでに許されぬ罪を犯したことは明らかなので、こたびの一件で仮に無実の罪に落とされたとしても構わない」とは言われていた。

しかし、裄沢にも町方としての誇りがある。やむを得ずこたびの依頼を受けた身として、たとえ結果が出せなくともでっち上げのような不誠実なことに手を染めるつもりはなかった。

裄沢をじっと見ていた三吉は、目元を緩ませた。いくらかは、緊張を解いたように見える。

「申し訳ございやせん。裄沢様のお志《こころざし》の高さを忘れていたようにございます」

「ただ小心者なだけだ。そのような立派なものではないよ」

頭を下げてきた三吉に、裄沢はそう応じた。

ふと、三吉の頭が上がる。

「つまらぬ噂でしたんで、お伝えはせぬつもりでおりやしたが、実は気になっていることがございまして」

「ほう、なんだ？」

「これは裄沢様からお指図いただいたこととは全く関わりはありやせんが、弟分の一人が拾ってきて仲間内で話していたのを、小耳に挟んだことにございます」

黙って頷く裄沢に、三吉は続ける。

「外濠の溜池のところですが、何日か前に土左衛門の亡骸《なきがら》が上がったそうで。水を含んだだけではなくて、もうずいぶんと腐って膨れ上がってたそうですから、さらに十日や半月は前に死んだものかと思われやす」

祐沢の目が鋭くなった。そのころの死亡だとすると、大松がいなくなったのとちょうど同じころということになる。

「無論、男なのだな」

「へえ、死体はそんな様子ですから顔つきはもとより歳格好もあまり判別できなかったそうですが、あまり若くも年取ってもいなかったと」

「……ただし場所が場所だから、その亡骸がもし大松のものだったとしても、佐久間さんの関与は考えづらいと」

溜池は外濠の一部であるからお城の南部では東西に細長い。東は愛宕下《あたごした》に近いため、増上寺《ぞうじょうじ》界隈を縄張りとする仲神道の以蔵の差配を受ける三吉の弟分らの耳に入ったのであろう。

そして西の端は赤坂にほど近い。いずれにせよ溜池のある辺りは、全体が定町廻りを勤める佐久間の受け持ちの範囲内だ。

「確かにそう思えたんで、お知らせするまでもねえかと考えたんですが、ちょいと気になったのは、その土左衛門を引き上げるのに立ち会ったのが佐久間様だったってえことで」

「……そうか。まだ北町《うち》が月番の間のことだからな」

「その佐久間様ですが、自ら誤って落ちて土左衛門になった死体だと、ずいぶんあっさり決めつけなすったそうで。まあ、パンパンに膨れて臭いも相当だったってことですから、あの佐久間様なら他のときでもそうなさったでしょうけど」

三吉の話を聞きながら、裄沢は何ごとかをじっと考え込んでいた。

七

江戸城の南西側には、外濠に沿うように赤坂田町《あかさかたまち》が一丁目から五丁目まで並んでいる。その数町先には広島藩浅野家《ひろしまはんあさのけ》の中屋敷が建つ。浅野家中屋敷から真っ直ぐ東を向くと、さほど遠くないところに溜池がある。

この浅野家中屋敷の西側と南側には、さほど大きくない寺院がいくつも寄り集まるように存在していた。

そのうちの一つ。無縁仏も拒《こば》むことなく受け入れる寺の墓地に、十人を超える男たちが集まっていた。

寺の住職らしき僧侶が一人、寺男が一人、土を掘り返しているところからすると墓掘り人足であろう男が二人。

さらに数人は、町方装束を身に着けている。となると残りは、町奉行所の小者や御用聞きであろうか。

町方装束の一人が、ずいぶんと苛立った様子で同じ町方装束に強い言葉をぶつけた。

「おい、裄沢。おいらをこんなとこまで引きずってきて、いってえ何をやろうってえんだ」

返答は、二人よりも身分がありそうな別の町方装束からなされた。

「そなたらをここへ呼んだのはそれがしだ。文句があるなら、それがしに言うがよい」

身分のありそうな町方に一蹴《いっしゅう》された最初の町方は、言葉を返せず口を噤《つぐ》んだ。

仲間に食って掛かった最初の町方は、ここら辺り一帯を受け持つ定町廻りの佐久間、食って掛かられたほうは用部屋手附同心の裄沢、そして最初の男を窘《たしな》めたのが内与力の深元、言い合いに関わることなく黙って立っている最後の一人が臨時廻りの柊。いずれも北町奉行所の与力同心だ。

溜池に浮き上がった土左衛門の話を三吉から聞いた裄沢は、いちおうは報告せざるを得ぬと判断して、自分に探索を命じた内与力の唐家と深元に会ってことの次第を告げた。

単に時期が一致しているように思われるだけであり、殺して捨てたにしては己の受け持ちの中というずいぶん不用意な場所であることも、当然付け加えての報告だ。見つからないようにする気ならば、他に適したやり方はいくらでもあるはずなのだから。

しかし裄沢が懸念していたとおり、内与力の二人はこの報せに飛びついた。現場に立ち会った佐久間が、問題の土左衛門をぞんざいに扱い身元の確認なども不十分だったのではと疑われる点に、内与力の二人は強く反応したのである。

ともかく掘り返して検証を、という結論がすぐに出された。

無用な工作をされぬよう、実行に移すまでなるべく佐久間には知られたくないことから、土左衛門がどこに葬《ほうむ》られたかは佐久間と行動をともにすることのある臨時廻りによって、ところの岡っ引きから聞き出された。無論のことこの臨時廻りと岡っ引きには、厳重な口止めがなされている。

墓を掘り返したとして、出てきた土左衛門の亡骸が大松かどうかを誰が確かめるかという点は難題だったが、これは小者の頭格である善三が、自ら進んで名乗りを上げてくれた。

実行日は佐久間に勘づかれる前ということに加えて、遺体の損傷が激しいと予想されることもあり、早急な段取りで決められた。

そして当日の朝。町奉行所に出仕してきた佐久間は、その日の市中見回りは臨時廻りが代行すると突然告げられ、有無を言わさずこの場に引っ張ってこられたのだった。

裄沢が同行したのは深元の命による。探索を担当したのであるから、最後まで付き合えというのがその際言い渡された理由だった。

掘り返した遺骸が大松のものであると判明するかどうかは判らない。それでも佐久間をこの場へ引きずってきたのは、いずれにせよこの死骸の取り扱いの不適切さに悪巧みの件も合わせて本日糾弾《きゅうだん》するとの肚を、内与力二人が決めたからだと思われた。

深元によってあっさり退けられた佐久間は憤然《ふんぜん》としながらも口を一文字に結ん

だ。そんな男の感情にはいっさい構わず、深元は問いを発する。

「佐久間、そなたなぜこんなところに連れてこられたか判るか」

「いや、全く判らず困惑しております」

口調こそ丁寧だが、反発を抑えてのもの言いであることは誰の耳にも明らかだ。

「そなたは十日近く前、溜池で上がった水死人の検死に立ち会ったそうだな」

「？　いかにも、そのようなことがありましたが」

「にもかかわらず、その水死人がどこに葬られたかを知ってはおらぬのか」

佐久間は、この場にも顔を出している当日の供の岡っ引きを見やったが、相手は佐久間から目を逸らし俯いたままだった。そちらを睨みながらも満足な返答ができずに「それは……」と口ごもる。

見た目もおぞましく、吐き気を催《もよお》さずにはいられないほどの悪臭を撒き散らす死骸にいつまでも関わっていたくなかったから、最低限のことをした後の始末は全て、この岡っ引きへ放り投げていたのだった。

「そなたと行動をともにすることも多い臨時廻りの皆に尋ねたが、その水死人を引き上げる際に立ち会いを求められた者はおらぬそうな」

深元がちらりと伴ってきた臨時廻りの柊を見やる。柊は黙って頷いた。

この場に、赤坂界隈を受け持つ佐久間と組むことの多い臨時廻りを連れてこなかったのは、佐久間に仕事上の瑕疵《かし》あれば、些少《さしょう》なりともそうした面々の評価にも影響するからだ。大事な場で、わずかでも佐久間を庇うような振る舞いをされたくなかったのであろう。

「それは……ただ誤って溺《おぼ》れただけの者にございますから」

「ほう、それはどのような調べの上で判明したことか」

「…………」

「溜池に嵌《は》まったところを見ておった者でもいたか。それはどこの誰だ」

「…………」

「どのように死んだかを見ておった者がいるかどうかを、どれだけ確かめた。水死人の身元は、どのように確かめて無縁仏と決めた」

「…………」

墓掘り人足の仕事を見やりつつ行った質問へいっこうに答えようとしない佐久間を、深元は向き直って正面からひたりと見つめた。

「どのように死んだかを調べるまでもなく、そなたは知っておったのか」

「なっ、それはどういう意味にござりましょうや」

深元が答える前に、墓掘り人足が声を上げる。

「そろそろ、出てきたようで」

すると、佐久間が睨み返す視線など気にする様子もなく、深元の関心は掘り返された墓穴に向けられた。

「そこからは丁寧に頼む。死骸は傷《いた》んでおろうゆえ、それ以上破損させることなく、そっとだぞ」

身分ある侍からの直々の指図に、人足らは抗弁《こうべん》することもなく手間な仕事に取り掛かった。

皆が無言になって見下ろす中、目的の屍体がほぼ全体の姿を現すまで、まだしばらく掛かった。

すでに晩秋に入り吹く風は冷たいが、周囲一帯に立ち籠めていた得《え》も言われぬ異様な臭いが急に勢いを増した。死臭には慣れているはずの住職が思わず後退《あとずさ》り、寺男も青い顔をしていた。

にもかかわらず、善三は穴の縁まで足を踏み出して中を覗き込む。振り返って、深元らが立っているほうへ声を放った。

「土で汚れてますし、死人さんを包《くる》んだまんまずっと埋められてたんで色も柄《がら》も判りづらくなってやすが、もしこの死人さんの着てる物が紺地《こんじ》に白の三筋格子《みすじごうし》なら、大松の着物に似たような柄のがあったはずです」

そう言われて初めて、裄沢は遺骸が白装束《しろしょうぞく》に着せ替えられもせず埋められていたことに気がついた。さほどに遺体の着物は変質して、よほど近くに寄らない限り、元の生地も色も判別できなくなっているようだ。

あるいは、引き上げられたときにはすでに、着替えさせることもできぬほど遺体が傷んでいたのかもしれない。

「！」

大松という己の知った人物の名が出てきたことに、佐久間は目を剝《む》いていた。

しかし、その場の状況に圧倒されているのか、声は出さなかった。

「大松の行李……」

裄沢がポツリと小さく呟いたのを耳にして、深元が善三に問う。

「大松が残していった行李には、その紺地に三筋格子の着物は残っていなかったのか」

記憶を探っていたのか、わずかに間を空けてから善三が答えた。

「へえ。そういや、残してた物ん中にゃあ、なかったと思いやす」

穴を掘る途中からは、綺麗とはとても言えぬ手拭で鼻と口を覆うように頭の後ろで結んだ人足が、戸惑ったように穴の縁《ふち》に立つ役人たちを見上げた。

「こっからは、どうしやす」

「壊れぬように、そっとこちらまで運び上げてくれ」

こちらも鼻と口元を手拭で押さえた深元が、涙目になりながらくぐもった声で指示を伝える。

「と、言われやしても……」

戸惑い顔の人足が足下の腐乱死体を見下ろした。取り残した土を手で払っただけでいくらかは遺骸を崩してしまったようなのに、とてもお指図のとおりにいくとは思えない。

「あっしが手伝いやす」

そう言ってさっと穴の底に下りたのは、小者の頭格を勤める善三だった。

「おい、筵《むしろ》を持ってきねえ」

寺男を見上げて指図する。寺男は慌てて物置小屋へ筵を取りにいった。

すぐに戻ってきた寺男から筵を受け取った善三は、墓掘り人足を使って目的の死骸の横に広げたそれを穴の底に敷く。

それから墓掘り人足に手伝わせて、できるだけ崩れるところが少なくなるよう遺体の着物をわずかずつ引き上げ、その下に筵を差し込んでいった。

遺体が筵の上に完全に乗るまでには、大いにときが掛かった。それでも、全く崩すことなく筵に乗せるのは不可能だった。骨の継ぎ目も筋肉もすでに襤褸襤褸《ぼろぼろ》なため呆気なく千切れた手や足は、本来あるべきところの近くに置かれている。

さらに岡っ引きの子分である下っ引きにも無理矢理手伝わせて、筵の四隅を数人で持ちながらようやく穴の上まで遺体を持ち上げた。

地べたに置かれた筵の上に横たえられた黒い物体は、もはや着物を着ていなければ何なのか、判別も難しい異臭の塊《かたまり》だった。

「見分けはつくか」

筵からだいぶ離れたところまで下がった深元が、鼻と口元を手拭で押さえたまま善三に問うた。

善三は辟易《へきえき》する顔も見せず、その場にしゃがみ込んでじっと遺体を見つめる。しばらく経ってから、ようやく口を開いた。

「やっぱり、この死人さんの着てるなぁ、紺地に白の三筋格子の縞模様《しまもよう》のようで」

元の場所から動かず作業を見守っていた皆が無言になっている中、善三からまた声が掛かった。

「着物を剥《は》いでもよろしゅうございますか」

死体のそばにしゃがんで目を向けたままの善三が、己の背中側に立っているはずの町方役人たちに向けて問うたのだ。

深元が「任せる」と相変わらずくぐもった声で応じる。

善三は、筵を穴の上へ運び上げた後は後ろに下がっていた下っ引きどものほうへ体を向けると、相手が渋るのを気にも掛けずにその中の一人から匕首《あいくち》を奪い取った。

持ち上げた帯と着物の隙間に匕首を突き込み、小刻みに動かしながら切り裂いていく。「もともと鈍刀《なまくら》なんだろうけど、それにしても手入れがなってねえな」などと呟きながらも、どうにか断ち切って帯の切れ目を左右に放り捨てた。ついで単衣《ひとえ》の襟《えり》に手を掛けると、胸元から腹部へ向かって慎重に布地を捲《めく》り上げていった。

生き物の体で一番最初に腐るのが腸《はらわた》だ。もうこれ以上の臭さはあり得ないと思っていた一行に、善三が布地を持ち上げたとたん、今までにさらに輪を掛けた臭気が襲い掛かった。

「くっ」

誰が上げた声か、善三を半円に囲むようにしていた一行が、突如大風にでも吹かれたように一歩、二歩後退る。善三だけは、鼻がまるで利かないかのごとく微動だにしていなかった。

己が裸に剝《む》いた遺体をしばらくじっと見つめてから、善三が今度は問い掛けることをせずに宣言した。

「骸《むくろ》をひっくり返します」

しゃがんだまま後退るようにして遺体から距離を取った善三は、広げた両手で筵の端を摑《つか》み持ち上げた。そのまま手の筵を上へと引っ張り上げる。

皆の注目を浴びる遺体は、己の下にある筵が引っ張り上げられたことにより、くるりと体を反転させた。筵の中央に置かれていた遺体が、筵の上で今は俯《うつぶ》せとなって善三とは反対側の端へと寄っている。

善三はそちらのほうへと回り込み、また遺体のそばでしゃがみ込む。そうしておもむろに帯の結び目に手を掛けて、己が切った帯を死骸の体からはずした。

遺骸の前身頃《まえみごろ》は広げられていたが、袖が邪魔になって容易には引き剝がせない。裾のほうから捲るように引っ張り上げていくと皮膚に貼り付くことはなかったようで、脇の下辺りまでは簡単に体から離れた。褌《ふんどし》を着けたままの変色した尻が陽の光に曝される。

濡れていたときに貼り付いたままだったのはもちろん、埋葬の際も座棺《ざかん》に入れられることなく仰向けに寝かされたままで着物と密着していたせいか、遺体の背中側は正面と比べて、ある程度生前のままに近い状態が残されていたようだ。

そこで善三は、しゃがんだ姿勢のまま背後を振り向き、町方役人が佇むほうへ声を掛けた。

「これをご覧下さいやし」

その確信に満ちた声に、深元や裄沢が前に出る。

黒に近い焦茶色《こげちゃいろ》に変色した遺体の背中、腰骨のやや上の辺りに、ごく小さな斑《はん》点《てん》のようなものが二つ斜めに並んでいるのが見えた。

「こいつは死んで腐ってから出てきた模様じゃなく、生きてるときからあった黒子《ほくろ》だと思えやす」

いくら町奉行所の小者を永年勤めてきた男とはいえ、医者でもない者が容易に判断できることではないはずだ。深元が確認のために問う。

「なぜそう言い切れる」

この問いにも、善三は迷いなく答えた。

「はっきりと見憶えがあるからです。この死人さんは、大松で間違いありません」

北町奉行所の小者全てを取りまとめる善三は、雲の上の存在である内与力に迷い一つ見せることなく堂々と宣言した。

八

一瞬、吹き渡る風まで止んだかのように辺りは静まり返った。

深元が、息を詰まらせて問う。

「間違いないか」

「へい。あっしの首に賭けて、いっさい間違いはございやせん」

再びの沈黙の後、深元の視線は茫然《ぼうぜん》と佇む佐久間へ向かう。静かな声が、深元から発せられた。

「佐久間、これはどういうことか」

声を掛けられてもしばらくは反応のなかった佐久間は、不意にハッと気づいたように深元へ目を向ける。

「どういうことと、言われましても――」

「この遺体を検死したのは、そなたであったな」

「はい……ですが、水に浸かっていた上に日にちも経って膨れているような有様でしたので、誰であるか見分けるなど、とてものこと――」

「しかし、ここな善三ははっきりと見分けたぞ」

「それは……」

「そなたは己で見分けられなかっただけでなく、どこの誰かということをきちんと調べようともしなかったそうだな」

「……」

「そうして掘り返してみて明らかになったことは、判明した死者の身元が、生きていられるとそなたにとっては都合の悪い人物だったということよな」

「都合のわる――いや、そんな」

深元の糾問《きゅうもん》の意図がようやく理解できてきたという顔になった佐久間は慌て

る。

「そなたの持ち場で、そなたにとって居てもらっては具合の悪い人物が亡くなり、仕事として立ち会ったそなたは十分な死因の検証も身元の確認もせぬまま、無縁仏として葬らせた。ずいぶんと、そなたにとって好都合な成り行きになったと感じるのは、身共《みども》ばかりであろうか」

「いやそんな、深元様、お待ちください。おいらは大松が御番所からいなくなっているなどとは、本日このときに至るまで全く存ぜぬことにて――」

「ほう、つい二、三カ月前には表に出せぬような頼みごとをするほど親しげであったはずが、今ではひと月近くも奉行所で見掛けぬのに気づきもしなかったと」

「いや、それは……」

佐久間《ちか》は、己が今置かれている状況にようやく気づき、そして何より、お奉行と最も親しい内与力の一人から弁解も聞いてもらえぬほどに疑いの目を向けられていることに絶句していた。

しかし裄沢には、もしこの一件に佐久間が関わっていないのであれば、当人の言い訳に不審な点はなかろうと思えた。

身元を特定するための労力を掛けても実を結ぶことはまず期待できず、たとえ身元が判明したとしても大した手柄にも金にもなりそうもない。ならば、吐き気を催すほど臭気が酷い上に気持ちが悪くて絶対に近寄りたくない遺体は、最低限の関与だけで済ませて顎で使っている御用聞きに押しつけるのが、佐久間らしい振る舞いであろう。

また、佐久間にとって大松などという小者は利用できる間だけ価値があるのであって、用が終われば無関心になるのも十分あり得ることだった。悪巧み絡みで大松が何かを漏らせば自身にとってマズいことになるとは案じていても、脅しが効いている限りはしっかり口を閉ざしているだろうという、相手を見下しているがゆえの安心感を持っていたかもしれない。

このごろ大松の姿を見掛けなかったという状況は、佐久間にすればむしろ、目障りなものが視界に入ってこない、余計なことを考えずに済んでいる、という安楽な気持ちでいられただけのことなのかもしれなかった。

佐久間が発する言葉が途切れたため、深元はこの場で追及を続けることを取りやめた。

「佐久間、そなたの弁明は御番所に戻ってよりじっくりと聞こう。この場の取り片付けはそこな御用聞きとお寺に任せて、我らは先に戻ると致そうか」

言いながら、岡っ引きやその子分の下っ引き、寺の住職や寺男、墓掘り人足らを一人一人じっくりと見渡していく。「ここで見聞きしたことは他言無用」という、圧を掛けたのだった。無論のこと、廻り方を使い後追いでもう一度しっかり釘を刺しておくつもりである。

深元の音頭に、奉行所の面々のほとんどは動き出そうとした。

ただ、佐久間だけは茫然として突っ立ったまま足を踏み出さずにいる――いや、もう一人、皆の動きとは逆のほうへ足を踏み出した者がいた。

「裄沢様？」

遺体の乗った筵から離れて皆のいるほうへ歩き始めた善三は、自分とすれ違うように遺体の下へと近づいていく裄沢に声を掛けた。

裄沢は応えることなく、先ほどまで善三がやっていたように筵の上の遺体の前にしゃがみ込む。そのまま、近くでじっと観察しているようだった。

そばに落ちていた木の枝を拾い上げ、善三が捲り上げた衣類も枝の先で広げて確かめている。

「裄沢様……」

再び呼び掛けたが、やはり応えは返らなかった。

裄沢や善三のそばには、墓掘り人足が遺体を墓穴に戻すことができずに、所在なさげに突っ立っている。

善三は諦めて、奉行所へ帰る深元らと同道すべく裄沢に背を向けた。すると、先に歩き始めているとばかり思っていた深元たちは、その場に立って裄沢のやることを見ていた。

――皆様は、何をなさって……。

そう不思議に思ったところへ、背後から「善三」と呼び掛けられた。

「はい」

声を掛けてきた裄沢のほうへ振り向く。

裄沢は、目の前に横たわる遺体を見下ろしたまま、善三に問い掛けてきた。

「そなたは、後ろ腰にある大松の小さな黒子を憶えておったのだな」

問い掛けてくる声は穏やかなものだったが、善三は突然冷たい水を浴びせられたように己の身が引き締まるのを覚えた。

「はい、そのとおりで」

慎重に、返答する。

裄沢は、向こう向きのまままさらに問いを重ねてきた。

「大松以外の小者はどうだ。誰の、外からでは見えぬ体のどんなところに、どのような黒子がある」

思わぬことを訊かれて、すぐには返答できない。

裄沢は、ようやく善三に顔を向けてきた。

「どうした。　北町奉行所の小者の数は、与力同心とほぼ同じ、およそ百五十名ほど。小者の頭格とはいえ、その全てを取りまとめているわけではなかろうが、外役のお供を勤める者をはじめ所内夜間の巡回など、いざというときには捕り物の出役《しゅつやく》に伴われる者五十人やそこらは束ねているはずだ。中には、そなたが大松よりはずっと親しく接している者が、何人もおろう。

たとえば、俺が廻り方のお役を拝命していたときに、供についてくれた与十次はどうだ。若手ながらしっかりした者と、そなたが自信を持って勧めてくれた小者よな――さあ、与十次の体の普段は見えないどこに、黒子はあるのだ」

「それは……そこの遺体を確かめて目にしたときに偶々思い出したことでございまして、急にお尋ねをいただいても、すぐにパッとは……」

「そうか？　与十次以外でも一人も思い浮かばぬか」

黙って頷くよりなかった。

　桁沢は、体の向きを遺体のほうへ戻して続ける。

「そなたが剝いだこの着物を検めてみたが、確かに変色して染めも模様もなかなかに見定めがたい――そなた、穴の上から一瞥《いちべつ》しただけで、よく色ばかりでなく柄の模様まで見分けられたな」

「……」

「それはともかく、黒子にしても同じだが、そなたはよく下の者らに目を配っているものだの――善三、路考茶《ろこうちゃ》に白の鮫小紋《さめこもん》を着ておったのは、あれは誰であったかな」

　善三はじっと観察するように桁沢を見てから口を開く。

「あれは……確か、与十次だったでしょうか」

「そうか、俺は当てずっぽうで染めの色や模様を口にしたのだがな。少なくとも俺は与十次が路考茶に染めた小袖を着ているところを見たことはないが、本当に持っているかどうか、後で訊いてみようか」

「……」

　桁沢がまた何かやりそうだと足を止めたまま黙って見ていた深元は、思わぬ発言を耳にして目を見開いたまま固まっていた。

裄沢はそんな背景を気にすることもなく、善三へ目を据えて淡々と続ける。

「腰の黒子については、太股《ふともも》の古傷でも何でもよかった。ただ特徴のあるところはないかと目を皿にして探した結果、見つかったのがそれだったというだけだ。上手く見つけられたので、それを名分にして大松に違いないと強弁《きょうべん》した。

着物にしても同じ。大松が最後に身に着けていた物がそなたの目に焼きついておったがために、そなたはこの着物が紺地に白の三筋格子だと断言できた――しかし、穴の上から一瞥しただけで格子縞の詳しい種類まで口にしてしまったのは早計だったな。

黒子のこと、着物の色柄のこと、いずれも大松のものであると断言できたのは、殺《あや》めたのがそなただったからではないのか」

押し黙る善三に、裄沢は立ち上がって正対する。

「善三、そなたがかようなマネをしたのは、そなた個人の私怨《しえん》からではあるまい。もしそうなれば、かようにすぐ見つかるような遺体の始末をするはずがないし、わざわざ佐久間どのの受け持ち区域で殺めるような必要もないのだからの。

そなたが大松を溜池で殺し、そこに遺体を沈めて後々見つかるようにしたのは、大松ばかりでなく佐久間どのも町奉行所から排除せんとしたため。さほどの所業に手を染めたは、そなたが誇りにしているお役に関わってのことではないのか」

「……」

「善三。ことここに至って、已の為したることに口を閉ざしたままでいるは、そなたが人を殺めてまで守らんとした大事に背いておるのではないか？　出処進退を明らかにすることこそ、御番所の小者を統率する者としての誇りに適《かな》う振る舞いだと俺には思えるのだが」

裄沢は、そこまで告げると口を閉ざし、静かに善三の反応を待った。

裄沢が話を終えるまで黙ったままじっと耳を傾けていた善三が、フッと肩の力を抜いた。

「畏れ入りましてございます。全て、裄沢様のおっしゃるとおりにございます」

成り行きをただ茫然と見守っていた深元が、ようやく声を発する。

「裄沢、善三……」

善三は、憑《つ》き物《もの》が落ちたようなさっぱりとした顔で深元へと体を向けた。数歩近づいてから膝を折り、握った両の拳《こぶし》を体の前で合わせて言う。

「大松を殺し、溜池に捨てたのは確かにあっしでございます。どうか、この場でお縄を頂戴致しとうございます」

神妙に膝を折り頭《こうべ》を垂れる善三を前にして、居並ぶ者らはしばらくの間身動きひとつできずにいたのだった。


それからは、軽い騒ぎとなった。

ともかく、罪を白状した者が出たのだ。深元は、「詳しい事情は奉行所に戻ってから確かめることにする」と宣言し、臨時廻りの柊が善三へ縄を打って連行することとなった。この間善三は、されるがままでずっと大人しくしていた。

裄沢は、もう自分の役目は終わったとでもいうかのように、人々のやることを黙って見ているだけだった。

そうして、ようやく一行が動き出した。

「裄沢」

後を追おうとした背に声が掛かる。振り向くと、途中までの皆の注目がまるで嘘だったかのように放置されていた佐久間が、佇んだまま裄沢を見ていた。

「なんで、お前《めえ》は……」

目の前の男を陥れようとした自分に、こいつはどうして救いの手を差し伸べてきたのか。佐久間には、ただただ不可解だった。

佐久間を見返した裄沢が口を開いた。

「勘違いしないでください。俺はただ、捕まるべき罪人がその咎を免れるのを見逃せなかっただけです」

「……………」

「佐久間さん。確かにこの一件では佐久間さんが罪に問われることはないかもしれません。しかし、俺は大いに疑問に思っています——善三があのような所業に及んだことの原因に、大松とともにあなたが深く関わってはいなかったか。なぜ善三は、己の罪が発覚する危険を冒《おか》してまで、あなたに濡れ衣を着せようとしたのか。

それが、今のお役を勤める上で避けようのない逆恨みであるなら仕方のないことかもしれませんが、果たしてこたびの一件がそうだと言えるのでしょうか——罪は犯した当人にこそあるというのが枉《ま》げられぬ道理であっても、善三がこのような悪行に手を染めてしまったことが、俺はどうにも残念でなりません」

言い切ると、佐久間の反応を待たずにその場から歩み去った。

残された佐久間は、背後の墓掘り人足らの声や作業の音など全く耳に入らない様子で、しばらくその場に立ち尽くしていた。

毎日仕事が忙しいというばかりでなく、捕り物に出張《でば》るだけの腕があることから好きにさせておくと強請《ゆす》り集《たか》りまがいのことをしかねない性悪への目配りも欠かせない善三が、身元も不明でかつ、腐敗が進行して判別不能かもしれない遺体の確認という半日掛かりの手間仕事に自ら名乗りを上げたということへ、若干の違和を覚えなかったわけではない。

しかし、善三が遺体を大松だと断定するまで、裄沢は善三に疑いの目を向けてはいなかった。

ではなぜそのような気になったのか——己を奮い立たせて深元らにもの申すその姿が、遺骸の身元を自身が断定するという重責を担ったためというより、佐久間を断罪することに気力を振り絞っているように見えたからだった。

しかしその場で確証まで得られたとは言いきれなかったことからすると、本来なれば奉行所に戻った後で信頼できる面々に事情を話し、じっくりと探りを進めていくべきであったろう。

あの程度の追及しかできない限り、永年小者として犯罪やそれを犯す罪人を見続けて頭格まで昇《のぼ》りつめた善三ならいくらでも言い抜ける道はあったはずだし、もし拙速な追及の結果そうなってしまっていたなら、この先警戒する善三を有無を言わさず捕らえることなどほとんど不可能になっていたはずなのだ。

それでも裄沢があえて断行したのは、こたびの一件を引き受けさせられた席で深元ら内与力二人から、「佐久間が許されぬ罪を犯したことはすでに明らかなので、こたびの一件で仮に無実の罪に落とされたとしても構わない」との意向を示されたことが心のどこかに引っ掛かっていたためだ。

善三への疑いを口にすることなく佐久間が奉行所に連行されたとしても、とりあえずのところ佐久間はせいぜい謹慎を申し付けられる程度であったろう。そこに裄沢が善三への疑義を申し立てたならどうなったか。

善三の犯意は裄沢が当人へ言ったように私怨から生じたものではない。それが内与力の二人にも理解されるであろう以上、最悪の場合、佐久間はやってもいない殺しの罪を着せられて断罪されることになったのだ。

裄沢は、己で佐久間に語ったように、「捕まるべき罪人がその咎を免れるのを見逃せなかった」のである。

いや、表層意識においてはそうであっても、実際には少々違っていたのかもしれない。

——このまま佐久間が罪を被って処断され、己は無事でいることを、果たして善三は心の底から喜べるのであろうか。

そうした思慮の断片がどこかにあったため、裄沢は無理筋であることを十分理解しつつ、あえてその場で自供を求めるような振る舞いに出たのかもしれなかった。

九

裄沢にとっての、大松や佐久間に関わる一件は終わった。いまだ善三への調べは続いているものの、すでに裄沢の出番はなく、こちらから関心を向けるつもりもない。

「裄沢さんよ」

その日の勤めを終えて御用部屋を出たところで、裄沢は思いも掛けぬ人物から声を掛けられた。

「これは、甲斐原《かいばら》様」

甲斐原之里《ゆきさと》。ようやく中堅と見なされるようになった裄沢らとさほど変わらぬ歳でありながら、町奉行所与力の花形と憧《あこが》れられる吟味方の本役《ほんやく》（最上位）に任じられているほどの男だ。

御用部屋は（お裁きを含む）お奉行の仕事に関わる原案の起草や入牢証文《じゅろうしょうもん》の発行などに従事する職場だから、吟味方とも関わりの深い部署と言える。

とはいえ吟味方本役ともなれば雑用にも近いこうした仕事は下に任せることが多いはずなのだが、裄沢はなぜかこれまでも、甲斐原とは話す機会が少なからずあった。

「どうされました」

「これからまだときが有んなら、ちょっくら付き合っちゃくれめえか」

「全く支障ありません。どちらに伺えばよろしいでしょうか」

「ああ、じゃあちょいとついてきてくれ」

そう言って先行して歩き出した甲斐原は、奉行所本体の建物を出た。

どこか外で話でもあるのかと思って黙って従うと、表門には向かわずに右手へ曲がる。

「ここは……」

甲斐原が裄沢を連れてきたのは、町奉行所内に設けられた仮牢の前だった。

町奉行所の仮牢は、その日吟味やお裁きを受けるため小伝馬町の牢屋敷から連れてきた囚人を、順番が回ってくるまで入れておき、あるいは終わった後にまた牢屋敷へ戻す者全員が揃うまで待たせておくための施設である。

ために、原則としてその日の白洲《しらす》が閉じた後は、翌日まで無人となるところであった。ただ、昨冬裄沢らが深夜捕まえた暴漢を最寄りであったこの場へ連れ込んで収監《しゆうかん》させたように、例外的な利用はある。

こうしたことから、牢内が無人であっても、普段から二人程度の小者は監視役で置かれていた。

甲斐原は顎を振って、監視役の小者らをその場から立ち去らせる。事前に言い含められていたのか、小者らは戸惑う様子一つなく甲斐原の指図に従った。

今の刻限ならば、仮牢はすでに無人のはずだ。

「甲斐原様？」

裄沢の上げた疑問の声に、甲斐原が去っていく小者らから視線を戻した。

「ああ、こん中にゃあ今、善三が入ってんだ」

小伝馬町にある牢屋敷の大牢《たいろう》や無宿牢《むしゆくろう》などでは、一部囚人による自治的な運営が黙認されていた。これにより牢内の規律が保たれていたという側面がある一方、凄惨《せいさん》な私的制裁も横行していたのである。

罪を犯した御用聞きなどは、裏社会出身者が少なからずいたことなどもあって、裏切り者としてこの制裁に掛けられ死亡する者が多くいたとされるが、奉行所の奉公人である小者の収監者も同様の目に遭わされる事例が多々あった。お上の権威を笠に着て自分らを小突き回していた者が、自分らよりも弱い立場の新参者として入牢してくるのだ。加虐《かぎやく》の対象とすることへ、囚人たちに躊躇う理由はなかったのだろう。

善三は頭格とはいえただの小者であったから、牢屋敷へ送られれば大牢に収監されることになるが、その場合善三が牢内でどのような扱いを受けるかはおおよそ予測がつく。ゆえに小伝馬町の牢屋敷ではなく、他の囚人との接触機会が少なく監視の目も行き届く、奉行所の仮牢に留め置いたものと思われた。

「それで、それがしにどうせよと」

裄沢の問いに、甲斐原が視線を戻す。

「善三は、大松を殺したこたぁ認めちゃいるが、それはあくまでも私事《わたくしごと》の怨恨《えんこん》だと言い張って、詳しい話は一っつもしようとしねえ。おいらたちも、ここの奉公人だったってことにゃあ目ぇ瞑《つむ》っていろいろとぶっ叩いてみたりしたんだが、それ以上は何も言いやがらねえ。まあ、強情なモンだ。

けどよ、その善三が、お前さんたぁ話がしてえって、わざわざ願い出てきてるんだ――どうよ、一つおいらに貸しぃ作るつもりで、あいつと話をしてみちゃくれねえかい」

そう問い掛けてきた甲斐原をじっと見返す。特に裏に隠した魂胆などはないように思われた。

「判りました。何が聞けるか自信はありませんが、やってみることは吝《やぶさ》かではありません」

「そうかい、ありがとよ。今、中にいるなぁ善三一人で、見張りも置いちゃあいねえ。無論のこと、お前さんとは牢格子《ろうごうし》で隔てたまんま話をしてもらうし、格子の戸にも鍵は掛けたまんまだけどな」

裄沢は頷いて、仮牢の建物の中へ踏み込んだ。甲斐原はその場から動くことなく、黙って裄沢を見送った。

昼でも薄暗く、あまり明かりの入ってくる構造にはなっていない牢屋は、夕刻ともなると灯火がなければ見通しが利かぬほどの闇になる。季節はただでさえ寒さが厳しくなってくる晩秋に入っており、もう一枚羽織る物が欲しくなるほどの底冷えを感じた。

善三が入れられている牢は、そこだけ灯火が点《とも》されていたことですぐに判った。

善三は牢内で一人、膝を抱えるようにして蹲《うずくま》っていた。

裄沢が近づいてくる気配を感じたのであろう、立てた膝に乗せるようにしていた善三の頭が上がった。

「夕飯ですかい。まだちいと、早《はえ》えんじゃねえですかい」

そう語り掛けてきた善三の声は、甲斐原が「ぶっ叩いた」と言う割にはしっかりとしていた。

人影が灯火に近づいたことにより、善三の目にもその人物の相貌《そうぼう》がはっきりと映る。

「裄沢様……」

「俺に、話があるそうだな」

裄沢は、端的に問うた。

「へい。吟味方の皆様にはお手間を取らせて申し訳ありやせんが、大松を殺したについては、どこまでもあっしの私《わたくし》の恨みってことで通させてもらう覚悟にございやす。ですが、どうせほどなく土壇場の露と消えるこの身であれば、心の内をどなたかに打ち明けておくのも、さっぱりとしてあの世へ向かうための足掛かりになろうかと――未練でございやす。お嗤いください」

「俺があの場であのようなことを口にしておらねば、そなたは今、かように捕われる身にはなっておらなんだやもしれぬ。俺が憎くはないか」

「あの場であっしの心情をお察しくださって自ら名乗り出る機会をお与えくださった裄沢様には、むしろ感謝を致しておりやす。真にありがとうございやした

――ああ、そうだ。そういや、こうして直接お礼を申し上げるのも、裄沢様とお話ができねえかと願った理由の一つにございやした。

で、話を戻させていただきやすが、こんなつまらねえ小者の心情をピタリと言い当てなすった裄沢様なら、あっしの存念を聞いてお判りいただけるのではと勝手に思い込ませてもらいやしたんで。引かれ者の小唄《こうた》にございやす。どうかしばらくの間だけ、お付き合いを願えませぬか」

「おおよその察しはつけたつもりではいるが、そなたがなぜあそこまでの所業に

踏み切ったのかは理解がついておらぬ。聞かせてもらおうか」

　裄沢は、善三が入る牢とは向かい合わせの牢格子に背を預けて傾聴しようという態度をとった。

十

「ありがとうございやす――さて、すっかりお話しするつもりでおりましたものの、実際こうなってみるとどこから始めたものか……。裄沢様は、大松の在りようについてどんなふうに見ておられやしたか」

「大松か。正直なところ、あれでよく御番所の小者が勤まるものだと思ってはいた」

　善三は深く頷いた。

「そうでございましょう――あっしら小者は、捕り物の荒事《あらごと》に出張る皆様に付き従える者が雇われるわけでございますが、中には怪我や病気、そして歳を取ってそうしたことが適わなくなる者も、どうしたって出て参ります。そうした者らも、奉公ができるうちは門番や雑用などの仕事に回して雇い続けていただいておりやす。従って、新たに雇う者には捕り物のお手伝いができるような腕と度胸を求めるわけにございます。

大松がいなくなった折に行李の底に隠していた小銭を盗んだ者がおったと申し上げましたが、あれらも、身持ちがよいとは申せずとも、いざ捕り物となったときには役立つ者らだから、今までは目を瞑って置いていたのでした。

ですが大松の場合は、当時とある与力のお方の伝手《つて》で雇わざるを得なくなった、いわば押しつけられた男にございました。もうずいぶんと昔の話ですし、そのころはあっしも今のような取りまとめに従事していたわけではございませんから、どういう経緯《いきさつ》があってそうなったかまでは存じません。けれど箸《はし》にも棒にもかからない男だというのはすぐに皆に知れ渡りましたし、実際どこへ回しても使い物にならず、扱いには皆だいぶ困っておったようです。それで結局はあっしのところへ回されて、員数外の扱いで隅に置いておくようなことになったのです。あっしとしてもやむなく置いておくばかりにて、できるだけ己の目に触れぬようにしておりました。

ところがこの夏も終わりごろになって、突然あの怠《なま》け者が自分から廻り方のお供をやると申し出て参りました。あっしとしても半信半疑なところはあったのでございますが、ようやく目が醒《さ》めたかという想いもございやして、ついあの男の願うままにさせてしまったのでございます。与十次を供につけてはおけなくなったからとはいえ、それが佐久間様の差し金だと少し頭が回れば十分察しがつけられたはずなのに、裄沢様にはたいへんなご迷惑をお掛け致しました。このとおり、お詫び申し上げます」

善三は、格子の向こうの裄沢に深々と頭を下げた。

「裄沢様の供についた大松が何をやらかしたか、室町様におおよそのところは伺いました。御番所の秘事ということで『くれぐれもこの場だけの話』と念を押されましたので、お詫びすらできずにこのときを迎えたことを重ねて謝らせていただきとう存じます。本当に、申し訳ございやせんでした」

頭を下げたままそう言い、ようやく善三は直った。

「ともかくそれで、あっしも堪忍袋《かんにんぶくろ》の緒《お》を切らしたのでございます。大松は、当人が何と言おうとも、もう辞めさせるつもりにございました。ところが、あの男もそれを察したのでございましょう。呆れたことに、佐久間様を頼ってここに居座ろうとしたのです。

その佐久間様についても、あっしにはこれまで少なからず思うところがございました。佐久間様は小者など人とは思わず、いいように使い回して思いやるところが少しもなかったお方でございます。ご当人には何度も考えをお改めくださるよう申し上げたのですが、お聞き届けになることは一度もございませんでした。

意を決したあっしは僭越《せんえつ》にも内与力のお方に申し上げ、そこから佐久間様にご注意をしていただいて、ようやく佐久間様の横暴がやんだのでございます——とはいえ心をお改めになったということではなく、できるだけ小者を使わず気に入りの御用聞きをますます重用《ちょうよう》されるようになったということでございましたが。

まあ、それで酷い目に遭わされる者がいなくなるならよいかと安易に考えておったのですが、それが間違いだったということをすぐに思い知らされることになりました。

あれは、内与力のお方から佐久間様にご注意がいってさほど経たないうちのことでございました。佐久間様が音頭を取る捕り物の出役があったのでございます。佐久間様は数人のみ小者を引き連れるとのご意向を示されたのですが、あっしから見て『ちょっと少ないのでは』と懸念されるほどの頭数《あたまかず》でした。それを佐久間様に申し上げますと、『残りの手勢は御用聞きのほうで整えているからいい』とのお返事にございます。そのように言われてしまえば、あっしとしてもそれ以上ものを申すことはできませんでした。

そうして実際の捕り物に出役されたのでございますが、咎人を捕らえたのはよいものの、伴った小者はいずれも怪我を負っておりました。中にはその怪我で勤めを続けることができず、泣く泣く辞めていった者もいます。後で捕り物に同行した者らに話を聞いたところ、伴った御用聞きにいい顔をするために小者に無理をさせ、さような結末になったということにございました。この一件について佐久間様からは、あっしにも当人たちにも、最後までひと言の詫びもございませんでした」

淡々と語る善三の顔には、諦めが浮かんでいた。裄沢は口を挟むことができずに、ただ耳を傾け続ける。

善三は気を取り直した顔になって、その先を語った。

「裄沢様に佐久間様や大松がちょっかいを掛けた一件で、内与力の古藤様までが責めを負わされたという話があっしの耳にまで入って参りました。これは、ようやく佐久間様や大松のこともどうにかしてもらえるかと期待を持ったのでございますが、その後は何の音沙汰もありません。しょうことなしに、あっしでできる大松だけでも手をつけようとしたところが、また佐久間様に妨げられそうな気配です。正直、もうやってはいられぬという気持ちになりました。御番所を辞めれば何もかも気にせずに済むようになると一度は考えたのですが、あっしのような者でも頼りにしてくれる連中《なかま》のことを思うと、己だけ逃げ出すことへどうにも踏ん切りがつきません。そのときのあっしは、もはや他に手立てはないものと思い定めてしまったのでございます」

善三は、当日の凶行について淡々と語る。

「大松を呼び出すのは簡単にございました。『お前さんを辞めさせるつもりだったが佐久間様に出てこられたんじゃどうしようもねえ。すっぱり諦めるけど、佐久間様にはお前さんから取りなしてほしい。とはいえ頭格の体面上、みんなの目があるところで頭を下げるわけにもいかねえんで、佐久間様の持ち場に行って話をしたい。ついては、お前さんと一緒に御番所を出るとこを周りに見られたんじゃあ台無しになりかねえから、向こうで落ち合おう』ってなことを愛想笑いを浮かべて言ってやりゃあ、得意げな顔んなってすぐに承諾してきやした。あの野郎は、神妙な顔したこっちの言うことを怪しむなんて頭は持っておりやせんからね。

で、向こうで待つ間に『間《ま》が持たねえから、ちょいとどっかで一杯引っかけとこうか』なんて誘やあ、元が好きなもんですからすぐに乗ってきました。で、飲ませちまえばもうこっちのもんです。『興が乗ったから、佐久間様と話をするのは明日にしようか』なんて水を向けてやれば、酒が入って尻が重くなってるもんだから、当人は言われる前からもうその気でした。むしろ、これで明日もただ酒が飲めるなんて、内心で喜んでたんじゃないでしょうかね。後は、グデングデンになるまで酔わせて、当人がどこを歩いているかも判らねえのをいいことに溜池のほうへ連れてって、『連れションだ』ってあいつを支えながら池の縁まで下りていきました。そっからは、簡単なものにございましたよ。水の中へ顔を突っ込ませますと、ほとんど暴れもせぬまま静かになりました。すぐに見つかるのもどうかと思い、そこいらにあった大きめの石を二つ三つ懐《ふところ》に入れて溜池の真ん中のほうへ押し出してやりましたが、ちょうどいい具合のところで沈んでいったように見えました。あんまり簡単に終わったものですから、何の覚悟がいったのかと手前のことながら呆気に取られるほどでございましたね。

ただ、実際には算盤違《そろばんちが》いもございました。一つは先ほども申し上げた、手癖の悪い者が大松の行李から金を盗んだことにございます。あっしのまとめてる連中がどこかで不正をやらかして分不相応な金や品物を持っていはしないか、小者の頭格としてときおり持ち物を検めるようなことをしていましたから、大松が行李の底に小銭を貯めていることは以前から存じておりました。そこで、大松がしばらく姿を見せないことを理由に行李を調べ、金が残っていることを見つけて『あの男が己の考えで姿を晦《くら》ましたとは思えない』と訴えるつもりだったのでございます。ところが、皆の目がないときを見計らって事前に確かめたところ、あるはずの大松の金が行李にない。正直、焦りました。手癖の悪い者の仕業と見定め、その者が尻尾《しっぽ》を出すまで誰にも告げることなく見張っておりましたので、実際に訴え出るまでには思っていたよりもときが掛かってしまったのでございます。

もう一つは、ただ懐に石を抱かせて沈めただけなのに、大松の亡骸が浮き上がってくるまでだいぶときを要したことでございます。いくら秋も終わりで涼しいというより寒いと思える日のほうが多くなった季節とはいえ、あまりに長くときが掛かりすぎました。このまま浮いてこなかったらどうしようかと思いましたが、そうなったときは行方知れずが大松自身の考えとは思えないと訴えるだけで、あとは成り行き任せにするしかないと思い定めておりました。

溜池に骸《むくろ》が浮かんだというような噂が聞こえてこないかどうかはずっと気にしておりましたので、佐久間様が立ち会ったということまで含めて日を置かずに知ることができたのでございますが、どうにも間の悪いことにそのころはまだ大松の金を盗んだ者の尻尾を摑んではおりませんでした。本来なれば『大松は自分から姿を消したのではないのでは』と騒ぎ立て、『そう言えばこのごろ溜池に骸が浮かんだと聞いたことがある』と折を見てさらに申し上げるつもりでおったところが、その二つが立て続けに起きましたので、さすがに両方を並べて申し上げるのには躊躇《ためら》いを覚えたのでございます。大松をこの手に掛けてからだいぶ日にちが経っておりましたし、ようやく浮き上がったときにはずいぶんと腐っていたと聞きましたので、溜池のことのほうを申し上げるなら早く致さねばなりません。かと言って、不自然だと思われては佐久間様へ疑いの目が向くようにするというせっかくの企みが台無しになってしまいます。どうすべきかは本当に迷いましてございます――まさにこれこそ、己のやったことへの天罰だったのでございましような。

裄沢様が溜池の死体に気づいて下さったと聞いたときには大いにホッと致しました。葬った遺体を掘り返すと耳にして骸の確かめに己から手を上げましたが、果たしてそれを大松のものだと言いのけるだけの証が立つかどうかは、実際にこの目で見るまで自分でも見当がつかない賭けにございました。けれど、これだけのことをしでかしたからには絶対に成功させねばなりません。あるいはその意気込《いさ》みが、穴の上から覗いただけで『あいつの着物の柄だ』と言い当てるような勇み足《あし》につながって、絎沢様の察するところとなったのでございましょうかね。悪いことはできぬものと、つくづく思わされましてございます」

己の罪を告白した善三は、すっきりとした顔で続ける。

「こうして申し上げましたように、大松を手に掛けたこと、それを佐久間様になすりつけようとしたことについては、今でも後悔はございません。ただ、あの場で絎沢様にご指摘をいただきまして、はっきりと目が醒めたのでございます。これまで御番所の小者を続けてきたことはあっしの誇りでございます。『その誇りを汚《けが》したまま、口を拭《ぬぐ》って知らぬふりをしていてよいのか』――こんな汚れきったあっしのような者の心に響くおっしゃりようにございました。ああ、これが本当に自分のやりたいことだったんだなぁと、絎沢様に問われて『そのとおり』とお答えしながら、ようやく肩の荷が下りた心地がしたものにございます。

絎沢様は恨みはないかとおっしゃられましたが、今に至るまであっしには、絎沢様に感謝の心持ちより他は何一つないのでございます」

両手をついて下げた頭から見上げる善三の目を、絎沢は真っ直ぐ見返した。

「そうか。これでようやく得心がいった。全てを語ってくれて、感謝する」

思いつくままに言葉を並べたが、それより他に口にすべきものは片言《へんげん》も出てこなかった。

こちらを見る善三は、どこまでも穏やかな笑みを浮かべていた。まるで悟りを開いた高僧のように、裄沢の目には映った。

「あっしもこれで思い残すことはなくなりました。こんな人殺しの戯《ざ》れ言《ごと》にお付き合いくださり、本当にありがとうございました。これでお別れにございます――これにてどうか、お引き取りくださいませ」

頷いた裄沢は、頭を下げたまま動かない善三に背を向ける。その場を立ち去る背中のほうからは、もう何も聞こえてはこなかった。


仮牢を出たところに、甲斐原が立っていた。

「ありがとよ。これで、一件の解明が全部済んだ――つっても、例繰方の記録にゃあ、ただの私怨で手ぇ下したとしか残しゃしねえんだが」

そうであろうと思ってはいたが、甲斐原は見えないところで善三の話を全て聞いていたようだった。

てておく以外になかったことを、善三の気持ちを判ってやれるであろう甲斐原が共有してくれたことには、感謝の気持ちすら覚えていた。


裄沢に、それを咎める気持ちはない。むしろ自分だけが聞きながら心に仕舞っておく以外になかったことを、善三の気持ちを判ってやれるであろう甲斐原が共有してくれたことには、感謝の気持ちすら覚えていた。

裄沢は、言葉を返すことなく甲斐原に一礼し、そのまま表門へと足を向けた。

甲斐原は、その背中を黙って見送った。

十一

翌日。勤めを終えた裄沢は、二葉町にあるあの一杯飲み屋を訪れていた。

復活させた三吉との定時の連絡の日であったから、ちょうどよかったと言える。今朝組屋敷を出るときに、下働きの茂助には「遅くなりそうだから夕飯の支度は要らぬ」と言って出てきていた。

三吉との用件は無論、こたびの一件が終わったと報せることだ。もう定時の連絡を取る必要はないと告げねばならなかったが、何より力を貸してくれた三吉へ、三吉自身にも浅からぬ関わりがあった仕事場での顚末を語る要があった。

「あの善三さんが……」

三吉は宙に視線を彷徨《さまよ》わせて絶句した。いつも落ち着いて見えるこの男には、珍しい姿だった。

――自分の働きが善三の罪を暴くことにつながったのを、三吉はどう受け止めるのか。

そうした考えが浮かんではきたものの、言葉にするつもりはなかった。三吉自身が折り合いをつけるべきことであって、裄沢が口を挟むのは違っているであろうと思うからだ。

もし何か言ったとしても、三吉は己のやるべきことをやったと答えてくるだけだろう。

だから、口に出すのは別なことにした。

「善三に代わる新たな頭格は、そなたに戻ってほしそうだったな」

今考えに沈み込んでもろくなことは思い浮かぶまいと、別な話を持ち出したのだ。

「あっしは御番所での奉公から逃げ出した者にございます。今さら、出せる顔はありません」

三吉の顔には、苦い笑いが浮かんでいた。

新たに頭格になれと言われた小者の本音は、三吉にその役を譲って自分は助役《すけやく》(補佐)に回りたいというところであったろう。

もし裄沢がもっと強く言ってやれば、三吉はそれに従ったかもしれないし、裄沢が定町廻りの任について以降の三吉の働きを考えれば、お奉行やその周囲が難色を示すとも思われない。

しかし、町奉行所の小者に復帰することは三吉の望みとは違っているだろう。他者から見れば覚える必要のない負い目であっても、己を律する法《のり》として自身の生き方を定めていくのがこの男なのだから。

裄沢は、手許の銚子《ちょうし》を持ち上げて見せた。

三吉はほとんど意識をすることなく己のぐい呑《の》みを空にして、軽く頭を下げつつ差し出してくる。

今宵は、じっくり付き合ってやるつもりだった。

善三を奉行所内の仮牢に収監した際にもいちおうの報告は行っていたが、その善三の取り調べをひととおり終えた後、深元は唐家とともに内座の間にてお奉行の小田切にことの顛末を正式に報告した。裄沢が善三から受けた告白について、甲斐原から聞いた話もこの中には含まれている。

「そうか、やはり小者の頭格の善三がやったことで間違いはないか……」

小田切は深く嘆息する。

深元が告白するように言葉を継いだ。

「裄沢にこの件の調べをするよう説得したとき、かような仕儀に立ち至ったのは錦堂の一件での佐久間らの悪巧みへの処断があまりにも遅かったからではないかとの指摘を受けました。

その折には、こちらの事情も知らずに勝手なことをと腹を立てましたが、こうなってみるとあ奴の申したことが当たっていたのではと、省みぬわけにはいきません」

悪巧みの処罰が長引いたのは、与力同心が五人も関わっていたため、奉行所の仕事に影響が出ないよう後任を手配するのに手間取ったからだ。仕方のないことだと思っていたが、処断が早ければ善三が絶望のあまりこのような無謀な手に打って出ることはなかった。

「そうであるのう」

与力同心五人の処分は、古藤が内与力からはずされた後、深元が実質的に一人で今のお役をこなしている間に生じた案件であるから、当人は大いに責任を感じていたのだ。

しかし、それは奉行たる小田切も同様——いや、それ以上に重い責を感じていた。深元を実質的に一人で内与力のお役に従事させたのも、深元が多忙であることも相まって五人の処断が長引くのを看過していたのも、その深元の補助とするべく新たに内与力に据えながら却って足を引っ張るような男を任じてしまったのも、奉行である己なのだから。

善三に大松を殺させたのはある意味自分であると、小田切は自責の念を覚えているのだった。

しかし、だからといって善三の裁きに手心を加えるわけにはいかない。仮にも町奉行所に奉公する者がかほどの罪を犯したとあっては、厳正な処分はどうしても必要だった。

黙ったままじっとお奉行の顔を見ていた唐家には、主の考えが判るようだ。しかし、己の重責を改めて肝に銘じることは大事であっても、どこまでも自身を責めるのは害ばかりあって一利もない。

唐家はお奉行の気持ちを変えるためにも、話柄《わへい》を転じることにした。

「ところで深元どの。焦点の佐久間はお役を退く意向を示したそうじゃの」

深元はハッとして頷く。

「正式な届け出はまだしておりませぬが、そのつもりであるような話は当人の口から聞いております」

唐家は視線をお奉行へと向け直す。

「そうしますと殿、定町廻りの後任がすぐにも必要となりますな」

定町廻りの人数は、広いお江戸の町に対してたったの六人。町奉行所として最重要と言えるお役の一つでもあり、欠員を生じさせたまま放置しておくわけにはいかない。

「最適任者はやはり、裄沢にございましょうかな」

唐家が続けたのへ、深元も同意する。

「こたびの一件においても、己の利害に囚われぬ公正なものの見方、場の趨勢《すうせい》に呑まれることなく事実を見極めた見事な洞察、いずれも定町廻りに相応《ふさわ》しいものかと」

「儂《わし》は、自白を得られると見切ってその場で善三を問い詰めた即座の判断も評価に値すると考えるの」

そう唐家が付け足して、判断を仰ぐべくお奉行を見た。

わずかに考えた奉行の小田切は、しかしながら首を横に振った。

「いや、裄沢に打診しても受けまいよ。それは、佐久間らの悪巧みが露見したときと同じ」

「お役替えなれば、ただ任じればよろしゅうございましょうに」

わざわざ当人の意向を確かめるまでもあるまいと、唐家は疑問を口にした。

小田切は苦笑しつつ答える。

「ただ定町廻りに置いておくつもりなればそれでもよかろう。しかし、当人に十分納得させねば、先々こたびのような働きは期待できぬ。あの頑固者は、そういう男よ」

唐家は視線をお奉行から深元に移し、その深元が何も口にせぬのを見て、己の裄沢評を変えねばならぬのを悟った。

「まあ、代わりの定町廻りについては、年番方に風烈廻《ふうれつまわ》りあたりから見繕《みつくろ》ってもらおうか。裄沢については、そのうち新たな任につける機会もあろうよ」

小田切の決定を、唐家と深元は畏《かしこ》まって承った。

その後、善三のお裁きは迅速《じんそく》に行われた。遠島以上の重罪には老中の裁可が要るが、ことは殺しであり当人も素直に認めている。下手人（斬首）との決定が下されるのにも、ときは要さなかった。

善三は、処刑の前日まで北町奉行所の仮牢に収監されたままだった。小伝馬町の牢屋に移しての最期の一泊も、大牢ではなく揚《あが》り屋《や》（下級の武士や僧侶などのための牢屋）に入れられたのである。

善三は、土壇場に据えられ首を落とされるまで、狼狽《ろうばい》する様子一つ見せることなく従容《しょうよう》として逝《い》ったという。

なお、町奉行所の記録には善三の動機は私怨とのみ記《しる》され、詳しい内容はいっさい残されなかった。

この作品は双葉文庫のために書き下ろされました。

双葉文庫

し-32-38

北《きた》の御番所《ごばんしよ》 反骨日録《はんこつにちろく》【五】

かどわかし

2022年8月7日　第1刷発行
2024年5月9日　第3刷発行

【著者】
芝村涼也《しばむらりようや》

【発行者】
箕浦克史
【発行所】
株式会社双葉社
〒162-8540 東京都新宿区東五軒町3番28号
［電話］03-5261-4818(営業部)　03-5261-4868(編集部)
www.futabasha.co.jp(双葉社の書籍・コミックが買えます)
【印刷所】
中央精版印刷株式会社
【製本所】
中央精版印刷株式会社

【フォーマット・デザイン】
日下潤一

ISBN978-4-575-67125-4 C0193
Printed in Japan